U0454973

蜜食记

徐小泓 著

海峡出版发行集团 | 海峡文艺出版社

图书在版编目(CIP)数据

蜜食记/徐小泓著. －福州:海峡文艺出版社,2018.5
ISBN 978-7-5550-1493-5

Ⅰ.①蜜…　Ⅱ.①徐…　Ⅲ.①散文集－中国－当代
Ⅳ.①I267

中国版本图书馆 CIP 数据核字(2018)第 068751 号

蜜食记

徐小泓　著

责任编辑　任心宇

出版发行　海峡出版发行集团
　　　　　海峡文艺出版社

经　　销　福建新华发行(集团)有限责任公司

社　　址　福州市东水路 76 号 14 层　　　邮编　350001

发 行 部　0591－87536797

印　　刷　福州德安彩色印刷有限公司　　邮编　350008

厂　　址　福州市金山工业区浦上标准厂房 B 区 42 幢

开　　本　889 毫米×1194 毫米　1/32

字　　数　100 千字

印　　张　6.5

版　　次　2018 年 5 月第 1 版

印　　次　2018 年 5 月第 1 次印刷

书　　号　ISBN 978-7-5550-1493-5

定　　价　40.00 元

如发现印装质量问题,请寄承印厂调换

时光中的生命之味

王　冰

　　我们知道，中国诗文的形体，至唐代已大体完成，后世为文基本在这一框架中进行。唐文骈体为主，抒发兴趣性情，宋文散体为主，呈现义理思想，至明代则在追慕唐风和尊崇宋风中，长出了小品文的新芽。与此同时，几乎在同一时期，中国的文学所依靠的思想和审美也有了明显的转向，这就是明清时期儒学与理学的世俗化、实用化，以及世情小说及世情题材内容的大量涌现。应该说，这既是一种社会形态的演变，更是思想背景和内涵的转变。比如像小品文，对文章背后必然要有的一种道德或文化上以及审美上的储备，是有着同样的要求的。如此一来，就会使得看似闲适的小品文，在内里也具有一样的现实意义和社会价值，甚至这样的文章在精神上会更为细腻和刻骨。之所以如此，是因为这样的文章，除了具有正襟危坐的端正之外，还会贴着人的时光和生命走，于是，这样的文章的血更奔涌，肉更鲜活。

从这个角度来读福建诗人徐小泓的《蜜食记》，不由得会觉得唇齿留香、韵味十足，觉得其中更有解读的味道和意义。这部书稿是以"美食"为主题的散文，但又不是纯粹写美食的，而是写与我们的生活和生命密切相关的文化、生活、传统、审美与精神等方面的内容，它既是世俗的，又是精神的，既是传统的，又是现代的，既是写世态人情的，又是写自己的精神追寻的，确实是一部在闲情逸致中泼洒自己精神之墨的好作品。

徐小泓的这部散文集也是关于"人"的文章。一般而言，文学是人学，文学是写人的，这样的话自然是文学的常规话语，也就是文学中的老话题，但我想，既然是我们一直说的老话题、老说法，肯定就是一个依旧没有完全解决好的问题，而其中的关键，依旧是如何文学化地写好人，并以此去构造"人的文学"的殿堂的问题。可以说，从一开始，徐小泓就以才女天生就有的禀赋，女性本就特有的细腻，在文中特意强调，在人的本能的善与美的基础上，作为人的合乎道德性的自然欲望，强调精神要求。而且，徐小泓把对生命意识的肯定，落脚到对生活丰富多彩的细节描述上去了，比如她的《盐的舞蹈》《有情清粥暖》《人间烟火气》等都是如此。她的写作始终是以百姓和百姓的世俗生活为本位的，从而体现出她写作的"真"——真实、真诚、真情。

一般而言，艺术来源于生活，又高于生活，但又回归到生活，作用于生活，对人的生活和生命产生效力，这才是艺术的生命所在。换言之，生活既是文学创作的根基和源泉，也是文学抵达的最近的地方，同时又是最远的地方。于是，在徐小泓的笔下，娓娓道来的就是生活的"味"、生活的"道"，这也成了她散文创作的抵达之处。童年的记忆、故乡的气息、世界各地的游历等，从现实里走到行文处，从而打开她自己的舌尖之旅，字里行间，都是真实的生活体验。比如《萝卜情深》里的那个小小人儿，因文学、影视作品带来的视觉冲击而产生对萝卜的情结，萝卜本是生活中司空见惯的蔬菜，但在作者笔下，穿越时间的视线，从生活细节到文学经典，带来了与众不同的阅读体验。这种体验，是具有温度的真实。又比如《酱的味道》一文，最后讲述的关于台湾老兵的故事，是个真实的故事，一瓶普普通通的酱油成了全文的文眼，一下子升华了散文的情感。当文中的"娘"那颤巍巍的一巴掌打下去的时候，相信很多读者也跟着热泪盈眶。这种情感，是具有温度的真实，也是她在构建自己的散文世界时，首先要寻找到或者搭建起来的主要部件和框架。

众所周知，文学创作中最常见的两种类型：一种是塑造一个理想世界，或者虚幻世界；一种是在站在坚实的大地上的抒写。后者更侧重描述生命个体与现实的关系，如此就能通过写人的生命与现实世界的平衡与失调，来提升作品的艺术性。在徐小泓的散文中，现实生活就是她通往文学和理想之地的媒介，同时现实生活本身也是作者的表述对象。她写出的不仅仅是人与物的关系，其实也是人与人之间的关系。因此，我们说她的散文除了真实，还有真诚。散文贵在散淡，却不失真诚，徐小泓很好地做到了这一点。当下市场有很多打着"美食""旅行"等旗号的图书，但不得不说，有的只是为了迎合市场而忽略了文字之美。而在这本《蜜食记》里，我们却很容易被感染。看得出，徐小泓是一个很有灵气的作家，追忆似水年华，淡淡地散发着馨香。这是属于徐小泓自己独有的风格，大气而不失细腻，敏锐而不失幽默。

徐小泓的散文中有真情。文学艺术作品，左右不能脱离一个"情"字。散文写作中，"情"的贯穿需如同雁渡寒潭、风过疏竹，意浓却字浅。这本《蜜食记》就是这样，看上去是在写"食"，实际上却是写"情"。比如《花可食》《糖水》等，看完读者心里也都暖暖的，为之所感染。即使合上书后，这些文字的力量也会"随风潜入夜，润物细无声"。一部好的作品，理应如此。书名《蜜食记》的"蜜"字也很好地体现徐小泓作为女性作家的柔情蜜意。

从这个角度看，徐小泓的散文作品是具有明清小品的诸多品质的。关于"小品"，我们知道，它是相对于"大品"而言的。聂绀弩在《我对于小品文的意见》中谈到："小品文固然不能代替大品文，却也有它独特的任务，也不是大品文所能代替的。"当然，这个"大品文"是被硬生生造出来的一个词，或者就像有人说的，它本属佛家语，是移植于散文中的。我们姑且不去过于苛责它的合理性，但从这里也可以看出，小品文强调的文学特征或者文学品质，与鸿篇巨制是有所不同的。记得曹丕在

《典论·论文》中开宗明义便说："文章，经国之大业，不朽之盛事。"这样的文章，肯定是要求作家写国事、大事、正事的多。而小品文，一般认为就是写小事、抒小情，正如俞平伯指出的："夫小品者，旁行邪出文字之别名也。"（《〈冰雪小品选〉跋》，载《骆驼草》周刊第20期）这里的意思是说这类文章更多的是小巧。尤其是明朝以来，不论是唐顺之、归有光的小品创作，还是以后公安派的"独抒性灵，不拘格套"，或是竟陵派的"幽深孤峭"，直到王思任、祁彪佳、张岱诸人，以及清初李渔、廖燕、陆次云、周亮工诸人，还有袁枚、史震林、张潮、沈复、郑燮等名家，一直到晚清的龚自珍、王韬等，都要求文中要有"一段真精神"，下笔时要"非从自己胸臆流出，不肯下笔"（《袁中郎全集·叙小修诗》），要"直抒胸臆，信手写出"（《荆川先生文集·答茅鹿门知县》），不能失却童心，失却真心，失却真人，如果人而非真，"情至之语，自能感人，是谓真诗，可传也"就成了妄谈。因此在徐小泓的散文中，"真"成了它的精髓、内质和灵魂。她的文章不虚伪、不做作、不矫饰，无道学气，无空洞语，只是如实记录作家的生活经历和心灵历程，以此来充分展示作家的个性风格，表达作家对社会、人生的真实看法，这是徐小泓真情至性，任性而发，纯真流露的结果，由此也使得她的散文具有了很多情趣。

《蜜食记》还有个特点，那就是非常恰当地引经据典。古典文学、现代潮流、外国名作、当代经典，都得到了很好的应用，体现出徐小泓扎实而广泛的阅读基础。比如《一刀在手》，文中以徐克的电影为契子，再从庄子、村上春树、莫言作品入手，古今中外"一锅炖"，却"炖"得恰到好处、火候十足。又比如《我不在咖啡馆，就在去咖啡馆的路上》，这句话其实是奥地利作家斯蒂芬·茨威格的名句，用在这篇颇有小资味道的散文里再合适不过。文中后面以日本作家池谷伊佐夫的一段话遥相呼应，再次点题，非常巧妙。这也是徐小泓创作的另一个亮点，就是巧妙地点题。很多篇文章无论如何迂回曲折，到了文末常常有出人意料的收尾，令人眼前一亮。这些点题，正是这本书想要表达的，关于国家、故土、时光、生命等主题的思考和情感。正是这种浓烈的情怀赋予了这些文章鲜活的生命力。"蜜食"音同"觅食"，

作者寻寻觅觅的，正是"美食"背后的"美意"。

徐小泓是一名诗人，多才多艺。行文之处，可以看出她扎实的文字功底、广泛的阅读基础、轻松幽默的风格、优美细腻的女性笔触。正因为如此，她在行文中，才能用这种娓语式笔调，去谈论人间日出日落、晴日阴雨，去抒发见解，记述感悟，描绘人情，才能在文字的方寸之间，用闲适笔调，语出性灵，以"小"竞"大"，以"小"争"大"，以"小"拨"大"，有了大大方方的抒写，有了方方正正的思想，有了精美隽秀之外的大气和深远，从而在世情风物的抒写中，在与之相关的精神与肉体在日常生活中实体化之后，最终实现了主体意识的弘扬。

2017年11月30日

（本文作者系鲁迅文学院培训部主任、评论家）

目　录

爱面包，爱生活

日本知名面包屋"Dans Dix ans"的师傅浅野先生，曾担任过米其林星级餐厅的法国菜主厨。放弃了高薪职务后，他决定回到日本开面包屋，一心想打造"三餐都吃不腻"的面包。他认为，面包不宜放太多馅料，因为真正好的面包就应该是"从面团便散发一种美味的诱惑"。这个观点与我的真是不谋而合！当下的面包店，为了迎合市场，面包师总是不断推陈出新，不断地"加料"，名字更是层出不穷，"恺撒大帝""枫糖白露""阿根廷风情"……诸多毫不搭界的元素都变成了一个个面包。无论面包师还是消费者，似乎都忘了，创新固然是好的，但"最初的味道"也不能弃之啊，这好比藏于心中的那朵白玫瑰，时不时提醒你的初恋。

有人说，喜欢原味你吃吐司就好啦。吐司有吐司的好，它是百搭的，它可咸可甜，你要涂"老干妈"辣酱也没人反对。当一片白吐司遇见鱼子酱，朴素的柔软和细微的劲爆一起会合，你的口腔顿时感谢这种多层次的快感。又或者，晨起的你，一边叨着牙刷，一边快速地取走"叮"一声跳出的吐司片，趁着凉却的空档，你飞快地刷牙、洗脸、穿衣服，抓起微热的吐司片匆匆刷两下果酱或黄油，然后赶紧往外跑，上班快迟到了！稍稍值得安慰的是，你还抓着薄薄的一片面包，不至于让你的胃受委屈。吐司还能让你充当一个好妈妈的角色。在春日荡漾的下午，游泳刚归的夏日，秋天微凉的周末，或者窗外寒气逼人的冬天，你可以对切去皮吐司，煎个蛋，加片西红柿，再铺上芝士片，要不加一勺恺撒汁也可以，简简单单的三明治，却能瞬间收服孩子的胃和心。就这一招，儿子不止一次对别人讲："我妈妈好会做三明治喔！"有时候都觉得汗颜不已，因为这的确太简单，我丝毫没有达到"从面团便散发一种美味的诱惑"。

因为我自己就被诱惑过。小时候，我们住的地方和一家宾馆一墙之隔，这是当时最好的宾馆，只招待政府会议活动，"闲人勿进"。每天凌晨，宾馆的厨房便散发诱人的香

味——这是在烤面包了。那面包很小，极香。没有任何馅儿，就是面团一个。但考究的面粉、黄油，恰到好处的温度，烤出来的面包极为可口。一个个小面包排在烤箱里，推出来的瞬间，香气四溢，实在诱人。那时候，不仅食物味道浓，人情味儿也浓，厨房的阿姨是妈妈的闺蜜，经常带出一两个面包，送给早在门外翘首以盼的那个小女孩。以至于后来每次来找我妈的时候，我都觉得她就像一个香喷喷的面包，老远就扑到她怀里。很多年后，我在另一个城市举办新书签售会，已是两鬓如霜的她居然去了！她说，如果我妈还在人世，一定会叫上她参加的。没忍住，我躲到高大的宣传板后面哭得一塌糊涂。很多东西，是一去不复返的，就像昔日那样香的面包，我想我再也遇不着了。

宾馆的小面包总是难得的，到了读小学三年级的时候，来了个浙江人，租用我们宿舍旁边的小餐厅做面包坊，这下可好了，不是一墙之隔，而是仅仅隔着一层木板了。每天下午三点，面包坊的香味和我的口水准时到达。面包坊只做一种面包，就是里面只有两个葡萄干的"葡萄面包"。即使是这样，面包也是好吃得不得了。那时候"改革开放的春风"还没"吹满地"，我们这座小城还没有富足到一块钱的面包可以随便买的地步，于是经常带一个面包上学的我，成了孩子们围绕的中心。后来小学同学聚会，还有同学提起我们分面包吃的情景，一个个都笑到不行——面包的好吃，除了那时候货真价实，没有添加剂，没有膨松剂，更美味的原因，应该是里面满满都是友情的味道吧。

所以当现在的面包屋一个劲地广告："新品八折！请来品尝！"的时候，还是会走进去尝试的我，已然不敢抱着太大的希望了。没有"情感"的注入，它仅仅就是摆在架上的琳琅满目的"新品"。尽管如此，深爱面包的我，还是喜欢寻觅不同的面包屋，毕竟，食物和人，也是讲究缘分的，说不定哪一天，我就遇到了和浅野先生一样的面包师，可以吃到不管是如法餐般复杂的"Point Et Ligne"，还是仅仅是一片最简单的蒜香面包。

不单单盛酒的
酒坛子

　　有个朋友乔迁新居，邀请参观。一过去，哗，好多大大的玻璃罐，里面是各式各样、颜色鲜艳的水果：翠绿绿的、红通通的苹果，黄澄澄的梨，金灿灿的橘子……当然都是假的，是装饰品。但缤纷的颜色映照在明亮的玻璃罐里，逼真而诱人，倒也是别具一格的装修，引得众人啧啧称赞。

　　不由得想起，小时候家里的那些酒坛子，同样是装水果，但是用处大相径庭，酿的是一季甜美的丰收。从外婆手里传下来的酒坛子到了母亲手里，更是发扬光大，杨桃酒、杨梅酒、荔枝酒……一度我以为所有的水果都可以拿来酿酒。整个夏季，阁楼里的酒坛子果香酒香四溢，你争我抢地流泻下来。开始的时候，是酸甜可口的杨梅。丰收的季节，除了供应给水果贩子，批发回去制作果脯之外，杨梅经常是无人问津地纷纷掉落地上。母亲便买了许多，来酿杨梅酒。酒成后是颜色鲜艳的深红色，极具视觉美感。接着上市的就是荔枝了。那时有冰箱的人家还不多，酿荔枝酒就成了对荔枝最好的尊重。但迷人的荔枝味道，是忍不住的诱惑，往往未到酒成，就被我们偷偷捞出来，一剥，酒液瞬间溅起，赶紧伸出舌头接住，微辣的白酒呛得我们丝丝抽气，而果肉浸泡得晶莹剔透，一咬，汁液顺嘴角而下，忙不迭地一阵乱抹。酒浸的荔枝糖分极高，没吃几个，手指都黏住了。也不敢多吃的，因为一个个已经脸蛋红红地傻笑了。紧接着，盛夏的知了一个劲儿地通知：葡萄成熟了！大院的后面有一片葡萄藤，这种"土葡萄"一串串如小家碧玉，是极好的酿酒材料。这时，我们会央母亲酒再少些，葡萄再多些。到了年底，大人们最喜欢喝这种葡萄酒，而我们小孩子，赶紧去酒坛子里捞那些皱巴巴的葡萄，这是最好的水果盛宴。母亲是不答应的，总是说小孩不能多吃，醉酒了可不得了，会变傻的。但往往到了开封的时候，母亲总是偷偷拈起一两个已变得深色的葡萄，塞进我的嘴里……那样的岁月，母亲酿的是酒，开启的却是我们肆意的快乐和幸福！可惜的是，

后来随着生活的奔波，母亲渐渐减少了酿酒的次数，最终酒坛子尘封在遗忘的角落。那一抹微辣的甜香，依稀只停留在记忆的舌尖了……

直至有一天，我路过市集，发现杂货铺里出售一种极大的玻璃罐，一看马上明白过来了：这是酿酒用的啊！激动不已，赶紧抱了一个回家，心里想哪天我一定拿来装一季缤纷，酿一壶好酒！这并不难吧，我想。你看，《餐桌上的普罗旺斯》一书里，法国大厨乔鹿就介绍得很清楚："把烈酒倒入玻璃罐，再将水果顺序放进去，记住放入的水果一定要是新鲜的，而且洗过擦干。每次放水果之前先称下重量，然后放入等量的白砂糖。不要搅动水果，让糖慢慢在酒里融化。水果要完全浸泡到酒中。封好玻璃罐，存放在阴凉且容易拿取的地方，至少三个月后才能打开吃。"好吧，可能因为我把买来的玻璃罐束之高阁了，并不是"容易拿取的地方"，所以直到现在，玻璃罐还是空置的，不像乔鹿那瓶"老男孩的酒罐子"，五彩缤纷，五光十色，颠覆了法国的秋季只有紫色的单一印象。

但我们曾拥有过"诗人的酒坛子"。福州厦门两地的诗人一起举办了"双城诗会"，地点就在鼓浪屿的"杨桃院

子"——"你只要一个杨桃，我却可以给你整座院子"。这座"厦门十佳"旅馆，以一棵大杨桃树而闻名。那一届的"双城诗会"，诗人们一起摘下杨桃，洗净放入坛中，在坛外签下大名，见证封坛时刻。隔年，诗会又如约进行，这已不仅仅是两座城市的诗歌盛会了，来自全国乃至国外的诸多诗人一起欢聚，共同开启"杨桃酒坛"，品尝满是诗意的琼浆玉液。虽然酒不多，但诗友们都已酣畅淋漓。这酒坛子，盛的不单单是酒了。

也许，我可以一直空置那个玻璃罐，因为那样美味的酒，早已酿在我的心底了，醇香无比。

陈皮

以前翻读诗词，和好友开玩笑说，以前要是结婚生宝宝，取名字的时候可以照诗词里的来，比如，嫁给何姓先生，宝宝就叫"何田田"，取自《汉乐府》的《江南》："江南可采莲，莲叶何田田。"要不叫"何澹澹"也行，曹操的《短歌行》里不是有一句"水何澹澹，山岛竦峙"吗？又比如嫁给柳姓先生，生了女儿就叫"柳依依"，取《诗经》里的《小薇》："昔我往矣，杨柳依依。"好友打趣说："那如果嫁给姓陈的要叫什么？"闻言一时走神，脱口而出："叫陈皮！"话音未落，两人已笑成一团。谁知，多年后，我竟真的嫁与了陈姓先生，真是"一语成谶"啊！不过，宝宝当然不会叫"陈皮"啦，尽管现在好的陈皮越来越贵了。前不久看到一则新闻，说的是香港油麻地一户人家，家中十七罐传世三代的陈皮被偷了，价值千万元！这么贵的陈皮，令人咋舌！看看手中的零食"九制陈皮"，赶紧把正拈着往嘴里送的一块陈皮放了下来，考虑着是不是应该封存于罐，传给我那个不叫"陈皮"的儿子？

玩笑归玩笑，生活中陈皮的确是个好东西。记得小时候，舅舅供职于医药公司，每年他们都收入大量的橘皮，然后在大院里晾晒。看着那薄薄的一片片橘皮铺满院子，在阳光的爱抚下，起初是绿色、黄色的，后逐渐变成褐色，干而皱。但慢慢开始浮现淡淡的香气，逐渐弥漫整个院子，若有若无，却无时无刻不侵入嗅觉，让人无法抗拒。直至深秋，吸满阳光的橘皮脱胎换骨，改名换姓，正式更名为"陈皮"，即可以长久贮藏，是一味极好的中药。《本草纲目》有言："橘皮苦能泄能燥，辛能散能和，其治百病，总是取其理气燥湿之功。同补药则补，同泻药则泻，同升药则升，同降药则降。"只是，李时珍怎么也想不到，后人竟有把陈皮当传家宝的，而且还价格不菲！

陈皮不仅可入药，在美食界里也是提味好手。广东新会是有名的陈皮出产地，每年都举办"陈皮美食节"，热闹得

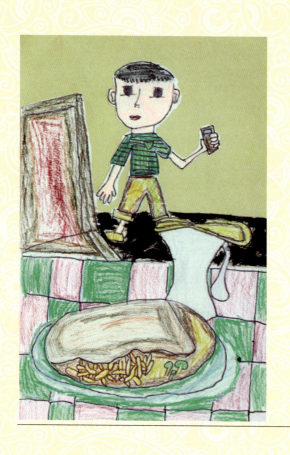

很。平日居家，蒸鱼的时候，除葱姜丝外，再加点陈皮丝，有助于去腥提味。甜点红豆沙，陈皮的加入也是必不可少的。陈皮还可以泡水喝，也可以和柠檬搭档，或者普洱，皆可，这样的陈皮茶开胃、祛痰，大人孩子都爱喝。说到底，最受欢迎的还应该是我手中的小零食"九制陈皮"吧，相信很多人都吃过。至于收藏陈皮，老的陈皮几千块一两，的确可观。可是谁能保证，你能活得够老，足以成为"陈皮"，守住"传家宝"呢？上文那则新闻里，偷走价值千万元陈皮的，不是别人，恰恰是事主自己的儿子。当下经济时代，愿意静守时光，成为越老越有味道、越有价值的"陈皮"的人，实在不多了。

吃在桂林

　　每到一个陌生的地方，最爱找寻当地美食。这次到桂林也不例外。

　　首先是桂林米粉。

　　台湾作家白先勇先生曾经说桂林米粉是他"一肚子的乡愁"，每次回桂林都要连吃两碗，直呼："还要！"在桂林，巧遇翻译家、作家林少华老师，他也笑谈："我早餐吃米粉了，午餐也吃了，我还想着晚餐也吃。"既然如此，咱们入乡随俗，肯定也要来一碗试试。

　　桂林米粉分好多种，汤粉、卤菜粉等。米粉现捞，"桂林酸"自己加，每家的卤水还是有细微的差别。比如锅烧，有的锅烧皮脆油少，肥而不腻，而有的米粉店的锅烧太过油腻，吃得烧心。酥豆也是，不能嘎嘣硬，也不能软趴趴，要酥脆刚好。说实话，我是喜欢吃的，锅烧的脆、牛肉的香、米粉的软Q、配料的酸辣，这样的口感不差。来桂林第一天就遇到一位的士司机，他滔滔不绝地向我介绍桂林的林林总总，从吃汤粉要到"青云汤粉"吃，到桂林自古以来的历史变迁等等，到达目的地的时候，我已经知道了他还是个跳国标舞的高手。任何当地的美食，都是以当地人的口感为标准的。比如厦门沙茶面，我们都喜欢，但外地人不一定喜欢。所以白先勇先生的昆曲唱得再远，兜兜转转还是离不开故乡的味道。好比那天，在楼下的米粉店，我就看见一壮汉，端着个盆，装满米粉，站着吃，呼呼噜噜吃完，转身倒上一碗骨头汤，咕咚咕咚喝下去，拿着筷子的手抹了抹嘴巴，熨帖得很。这样的百姓生活，真实。

为贴近真实的味道，桂林妹子阳阳带我去吃了"斑鱼火锅""醋血鸭""禾花鱼"。斑鱼切成几近透明的薄片，在火锅里涮上七秒，即蜷成一朵花似的，口感柔软脆嫩，吃了好几盘还欲罢不能。

而同样是鱼的"禾花鱼"，名字很好听，也有着很美的来历，说的是这鱼是养于稻禾田里，吃着稻禾的落花长大

的。如此清丽脱俗的鱼儿，来到餐馆便用重油煎了，姜蒜煮了，干锅收汁摆上桌来。然后一吃，刺儿倍多！看来这鱼如美人啊，眉眼清丽，怀揣暗器。

"醋血鸭"也是以一锅的模样呈现，鸭肉大块炒熟，淋上自家酿制的醋和鸭血，撒上蒜叶葱段，端上桌来。初入口是稠密的醋香，后有细腻的肉香。吃过几巡后，加入白菜豆腐，一是吸汁入味，二是解除油腻。甚好。

住的酒店在商业区，楼下多有小店，小儿康康经常自己跑去买鸡蛋仔吃，这是一对小夫妻开的店，女的边抱着满月婴儿边打下手，男的炸臭豆腐、烤鸡蛋仔。生意极好，要是去晚了，就都买不着。那天晚上我们又去，老板笑着说："你们来得及时，晚一点连鸡蛋仔都没有了。"我忍不住说："那臭豆腐不能多做一些留着明天卖吗？"老板一脸认真地告诉我："不行，隔夜的豆腐中间会有气泡，就松了，不嫩。"闻言不由肃然起敬。

如蜻蜓点水，到桂林也不过小住，肯定不敢说吃了多少当地美食。但每次大快朵颐之后，我都饱得自我批评，康康同学却说："我还留着三分之一的肚子呢！"那么好吧，就带着三分之一的肚子，继续吃去！

春之椿

在院子里散步，李连杰大姐抬头一看："哟，香椿树！"

我这个"南包子"赶紧跑过来："哪里哪里？"

大姐把嘴一努："你身边那棵就是啦！"

——可不是，就在我身边，高大挺拔。北方的春是明显的，"一夜春风百花开"，经常带给我这个南方人诸多惊喜。

身边这棵香椿树已经开始抽条发芽了。保安乐得很，说，嘿嘿，过两天就拿长钩子来。

作为海岛人，我以前很少吃野菜的，什么荠菜、草头、蒲公英，都不曾吃过，更不用说香椿树、槐树了。执书读《故乡的野菜》等名篇佳作时，总是想象千里，还是不得其味。

至于香椿，文人笔下描写无数。古人用"椿"来比喻高寿，比如成语"椿萱并茂"，说的就是父母健在长寿之意，出自庄子《逍遥游》。传说，庄子到楚国的时候，楚王有意留他为官，庄子婉拒，他说："朝菌不知晦朔，蟪蛄不知春秋，此小年也。楚之南有冥灵者，以五百岁为春，五百岁为秋；上古有大椿者，以八千岁为春，八千岁为秋。此大年也。而彭祖乃今以久特闻，众人匹之，不亦悲乎?"——清晨生出来的小蘑菇，没机会见到月亮圆缺的变化；树枝上的蝉，没机会体味春来秋往四季更迭；楚国南方有棵大树，叫作"冥灵"，以五百岁为春，五百岁为秋；上古更有巨大的椿树，以八千岁为春，八千岁为秋。眼界不同，在意的事物自然不同，传说中的老寿星彭祖活了八百岁，世人说到长寿，都与彭祖相比，却不知有更为长寿的大树，这就是眼界的差异——不愧是庄子啊，这说话都一套一套的。于是后人也把"椿"喻为富贵之象征，比如晏殊的《椿》："峨峨楚南树，杳杳含风韵。何用八千秋，腾凌诧朝菌。"其春风之意跃然纸上。

如此可见，椿，是妥妥的一枚俊朗男儿啊！然而，那椿芽的轻红娇嫩，却是温婉如诗。多少文人墨客，都曾为其笔下留香。"嫩香椿头，芽叶未舒，颜色紫赤，嗅之香气扑

鼻，入开水稍烫，梗叶转为碧绿，捞出，揉以细盐，候冷，切为细末，与豆腐同拌，下香油数滴。一箸入口，三春不忘。"这是汪老的《食事》一书所叙。周作人在《山居杂信》一书里，给孙伏园的信中也写道："在般若堂里住着几个和尚们，买了许多香椿干，摊在芦席上晾着，这两天的雨不但使它不能干燥，反使它更加潮湿。每从玻璃窗望去，看见廊下摊着湿漉漉的深绿的香椿干，总觉得对于这班和尚们心里很是抱歉似的，——虽然下雨并不是我的缘故。"如此的文字不胜枚举，总让人在读书的时候不禁做垂涎状。

然而，我在北京第一次吃到香椿的时候，却是失望的，说好的"香气扑鼻"呢？并没有，而且略有点土腥气，嚼过几口后才渐有香气，但丝毫没有惊艳之感，更不觉得"一箸入口，三春难忘"。倒是颜色是讨喜的，红嫩青绿的香椿芽，间之土鸡蛋的鲜黄，好看得很，颇有春意就是了。但也不至于让那么多人执念于此啊！直到看到黄磊在"黄小厨"节目里说"香椿有股子土味，乃至还带一点点的臭，这香到臭边上但还不到臭，即是极香，浓郁的香，香椿就有这种在边际游走的作用"，这才恍然大悟。

大多描写香椿的文字，皆因故乡种有香椿树，香椿的味

道代表了故乡的味道，代表了自己曾经品尝过的那一截儿春天。说到底，香椿属于"时令菜"，令人留恋的香椿之味，都是短暂的，而凡是短暂的，都是令人留恋的。

所以保安惦记着树上的椿芽儿，没过几天，就拿着长钩子来了——紧着钩下，揽一枝春天入怀来！

大排档随想

　　听说香港要取缔"大排档"了，不禁唏嘘不已。作为港片陪伴长大的一代，对香港的大排档是熟悉得很。单说《古惑仔》系列，"浩南哥"带着一批兄弟演绎江湖恩怨，往往就是大排档里开打。青春热血一腔，以为一个啤酒瓶子砸下，就可以解决一切问题。

　　其实能解决一切问题的，是"时间"。

　　当《古惑仔》里的"靓坤"都成了《爸爸去哪儿》的"吴妈"，你才惊觉，原来青春早已不在，所谓"江湖"，早被"现实"打倒在地。但电影里的热热闹闹的大排档文化，却在记忆里留存了下来。

　　可以说，每到一座陌生的城市，特别是南方的城市，不要去迷信那些所谓的"美食广场"，一定要去寻找保留在某条街、某条巷子里的排档，趁着城市还未规划，城管还未拆迁，赶紧品尝属于这座城市独有的味道吧。广州的生滚鱼片粥、潮汕的牛肉汤面、三明的沙县小吃、泉州的土笋冻、厦门的海鲜排档……一座城市因为有了这些大排档而使整个夜晚"活"了起来。每次回老家，这种感觉就更为强烈，深夜两三点，整条"排档一条街"还门庭若市，热闹非凡，刚打完牌的，K完歌的，看完电影的，人影绰绰、衣香鬓影，和那些吐着泡泡的鱼虾蟹贝，两两相照，相得益彰。无论是坐在店里包厢的，还是直接在路边桌椅开喝的，仿佛都是幸福快乐的，不见世间所有的忧愁。夜晚的上空，哪家店里传来了黄龄的《痒》："来啊，快活啊，反正有大把的时光……"

而我现在居住的厦门，大排档也是极出名的，比如游客都会按图索骥的"小眼镜大排档"。但往往游客一多的地方，你最好就别去了，何况厦门的排档多如沙滩的贝壳呢？外地诗人来的时候，我们常常带去大排档，其中有一家叫"鸿运大排档"，因为离几个厦门诗人的家不远，一时成了诗人聚集地。如果有哪个诗人看到这篇小文时，我想肯定会回味起那些酒和诗的香气。也许，"诗江湖"，才是江湖。短短人

世，能遇知己几何？想起排档里的那些声音："长啸诗词赋清酒，灵气流转琥珀杯。""仗剑走天涯，人海翻波豪气存，栏杆拍遍，望孤月如钩……"一茬茬的诗人来了又去，留下的，是那滚落路边的啤酒瓶子，也是一世相依的温暖。温暖，来自诗歌的光亮。

但对于大众来讲，大排档给予他们的，是可以坦荡面对的真实生活。正如同此时，我身后的大排档，年轻的男男女女正在热热闹闹地吃三喝四，震耳欲聋的露天排档K歌时间也开始了，"神曲"即将登场。本欲埋单离去，但转而一想到，当蔡澜老先生在香港要吃"避风塘炒蟹"都找不到昔日的大排档，只得找熟悉的师傅做的时候，我想我应该好好珍惜这些活色生香的排档一景了。

冬日，忆起那暖暖的汤圆

起风了，冬天悄然而至。尽管南国的冬天依然阳光普照，但冬的味道的确越来越浓了。特别是冬至，捧起滚烫而甜蜜的汤圆，随之也忆起曾经的那些人和事……

家乡的风俗是到了冬至就要吃汤圆的，吃了汤圆人也长一岁了。冬至前夕，家家户户磨了糯米，和了面，一家人围坐桌旁，手搓汤圆，其乐融融。有小孩的人家更是热闹，孩子一会儿围着人群追逐，一会儿把小脸涂得满是面粉，大人自是笑成一片宽容，一起包进了汤圆里，那汤圆，便有了别样的味道。如果家里有人外出，不能在这天吃到汤圆，父母要留一块糯米浆，风干着，等到孩子回到家，再拿出来揉搓，包了汤圆吃，这一年才算真正过去。在我外出读书的那些年，母亲总是要留着好大一块糯米浆，等着我回来。我不知道，在那些寂寞的日子里，母亲独身一人，是不是靠着这种希望的等待来支撑着她。只是当时年少，不懂得，能吃到母亲亲手包的汤圆是怎样的一种幸福……

想起读书的时候，经常去吃汤圆的。冬日的深夜，总是冷得连说话都腾起团团白雾。那时我们有个小团体，六个人，是学校两个文学社团的成员。经常下了晚自习，就一起出去瞎逛，直至深夜。然后就光临那个小小的夜宵摊子。一人捧着一碗滚烫的汤圆，嘁然有声。那时一碗里有五个汤圆。我们老大知道我爱吃，经常悄悄匀两个给我。老大人称"林妹妹"，很清秀的一个男孩，冬日经常穿一件老长的外套，有很大的口袋。于是，我们回去的路上，就总是把手伸到他的口袋，相互取暖。从后面的影子看，他就像拖着一个个"布袋"晃着走。而大家的手为了多伸进去一点，总是在口袋里"打架"，经常就笑得乱成一团……

青春年少的时候，总是拥有很多爱而不知珍惜。那时的我，骄傲得像一个公主，总是拒绝所有男孩子的追求，以为有一位心上人，会驾着彩云而来。那时有个男孩子，知道我经常看书到深夜，于是，在午夜十二点的时候，便叫了汤圆

外卖，准时到达。直到那年大年三十，当新年钟声敲响，那夜的汤圆外卖也敲响了我家的大门。其时也有位男生在我家，说要陪我过新年，既来之，就招呼他一起吃起汤圆来。可就在那时，往常甜蜜的汤圆却食之无味起来。想起在那些日子里，送汤圆的"他"，挤在演出后台送花的"他"，帮妈妈洗床单的"他"，等在校门口的"他"……诸多的"他"让自己突然觉得心里歉然起来。就在那些日子里，慢慢懂得了长大，慢慢懂得了人情冷暖……

似水年华，日子一天天地过去了。那天，婆婆打来电话提醒爱人："幺儿，冬至到了啊！"老公应着，当下便去买了速冻汤圆。晚上，我下班回到家时，一股夹着姜香的暖流迎面扑来。宝宝急急拉着我说："妈妈，'吱'汤圆！"我忍俊不禁，宝宝说话比较晚，每次开口总是逗人发笑。老公盛了满满一碗汤圆，递过来："你的。"又端起另一个碗，舀着一个汤圆轻轻吹气，应付一旁心急的小家伙。宝宝吃了三个，我赶紧说："别给吃太多，晚了，不易消化。"老公对宝宝说："那宝宝不要吃了，给爸爸了啊？"宝宝一脸委屈，看看我，还是点了点头。眼看着爸爸要吃下那个白白胖胖的汤圆了，小家伙亦步亦趋跟上去，眼巴巴地看着爸爸。

我和爱人忍不住乐了，还是把汤圆送进了宝宝早已张开的"小山洞"……

是啊，暖暖的汤圆带来了深深的爱意。那么，你呢？冬天已经来了，你会给谁送去爱的汤圆？

给日子加点蜜饯

　　唐宋时期什么都爱讲究范儿，喝个下午茶吧，便要"雕花蜜煎一行摆上来"，舌绽芳华："雕花梅球儿、红消花、雕花笋、蜜冬瓜鱼儿、雕花红团花、木瓜大段儿、雕花金橘、青梅荷叶儿、雕花姜、蜜笋花儿、木瓜方花。"听着都让人觉得热闹绚丽。"蜜煎"，即是我们现在所说的"蜜饯"。《韩熙载夜宴图》里摆着一小碗一小碗的，就有繁果似锦的蜜饯。隔着画儿，仿佛都能闻着酒香果醉。

　　可巧，今儿新买的蜜饯到了，试着尝了几个。草莓是香甜的，有芬芳的气息；杨梅是古早味，咸甜融合；而胡萝卜干竟吃出了小时候搽在嘴唇的胭脂的味道……又慢慢泡了茶来喝，牙不好，就别学古人任性了。吃不了几个，放一旁摆

着好看罢了。

想起小时候，那可是爱吃个零嘴儿的年纪，放学路上常常就是吃没个停。其中蜜饯是我们小姑娘的最爱。记得校门口经常有腌渍果子的小摊，棠梨、杨桃、山楂，在红色塑料桶里各个浮沉。有一次，我手里只有一角钱，便不敢上前。结果那个卖蜜杨桃的阿婆瞅见了，不由分说，扯了个纸三角包，装了满满的杨桃塞给我，说："来，就买一角钱的。"那时我读小学二年级，那蜜杨桃的味道，一直保留到现在。多年后，我到了香港，也遇到了一位这样的阿婆。那时夜已深，我趿着拖鞋"啪嗒啪嗒"地走出酒店，想找碗云吞面吃。一转角，却看到一位老婆婆，推着一架小板车，上面琳琅满目的各式袋子，原来是在卖果脯蜜饯！无花果、杏干、甘草……老婆婆持把小勺，拖着港腔热情地招呼："靓女，好七（吃）的啦！"那声音，瞬间唤回童年的古早记忆，我有些激动，点了好几样，这位七十多岁的婆婆拿出纸袋，一一装好，又额外送了好几小勺别的果脯。酸酸甜甜的味道让香港的夜多了一份意外的惊喜和感动，便发了朋友圈。朋友们也倍觉亲切，交代帮忙买一些带回来吃。可是，当第二天晚上，我又再去的时候，却怎么也找不到那个摊位、那个老

婆婆了。一时间恍惚，若非酒店房间还放着没吃完的蜜饯，真的还以为是一场梦幻。

蜜饯中，最爱吃的是杨梅。也许是因为杨梅不好贮藏，是时令水果，"头日采收，二日色变，三日味变"。明朝诗

人庐襄有诗感慨："北方地冷无南果，最恨杨梅未得尝。"所以自古以来，聪明的劳动人民就把杨梅制成蜜饯果。《金瓶梅》里就有一段文字，甚为传神，写的是西门庆宴请宾客，宴罢端上"一碟黑黑的团儿，用橘叶裹着。应伯爵拈将起来，闻着喷鼻香，吃了到口，犹如饴蜜，细甜美味，不知甚物"。西门庆得意，让猜，结果乱猜一气，惹得西大官人连连骂："狗才！"原来那物名叫"衣梅"，其实就是杨梅蜜饯，是西门庆的仆人从杭州捎来，北地不可得，自然金贵。同样金贵的，还有《红楼梦》里的"荔枝蜜饯"——"那婆子进来请了安，且不说送什么，只是觑着眼瞧黛玉，看的黛玉脸上倒不好意思起来，因问道：'宝姑娘叫你来送什么？'婆子方笑着回道：'我们姑娘叫给姑娘送了一瓶儿蜜饯荔枝来。'"——瞧，送个蜜饯就像送个宝似的。

可不就是，曹操都说了："人生苦短，譬如朝露。"多加入一点甜蜜，日子就好过多了。现在的生活，蜜饯随处可买，红的蜜山楂、绿的蜜橄榄、棕的蜜枣、金的蜜橘，点缀成生活的浓情蜜意。

那么好吧，就让我们对日子大声说：

"蜜饯，快到碗里来！"

故乡的粿

粿，顾名思义，米做的果子。其实也就是年糕。在闽南，很多种年糕都统统称为"粿"，但有一些并不是过年才吃的，而是不同的节日对应的不同种类的"粿"。百姓的智慧总是无穷的，粳米、糯米、大米、米粉，比例不同，做出的美味各异。只是现在时代发展飞速，现代人生活节奏快，新事物层出不穷，可选择的美食太多，很多种粿的做法渐渐式微了。

其实，对于很多闽南人来说，粿的意义并不仅仅是美味的食物，更多的是故乡的味道，是母亲的厨房，是红红灶火中蒸腾的人间烟火气。所以在写这篇文章的时候，仿佛又见灶台上那个大蒸屉，打开的是蒸蒸腾腾的记忆，温暖人心。

红龟粿。这个可能是所有闽南人都最为熟悉的粿了，经典款。因模具龟粿印盖出的花纹像龟甲花纹，而且形状也像乌龟的背而得名。在厦门中山路，就陈列着几个巨大的龟粿印，红通通的，矗立在街头，吸引众多游客合影留念。龟粿印在旧时闽南人家里是家道殷实繁荣的象征，几乎家家户户都有几个龟粿印。早些年远渡南洋"讨吃"（闽南语，赚钱之意）的人们，也会在行囊里塞上一个，漂洋过海的乡愁，以此慰藉。

红龟粿寓意吉祥，是闽南人家在年底"拜天公"时候必备年糕。每到年底，主妇们就忙活起来了，浸泡了一晚的晚稻和糯米按比例兑好，送到磨坊里磨成米浆，米浆包在红棉布里沥水，成为有黏性的面团。这时，家里的老人便会摸索出个小瓶子，里面装着可食用色素"包红"，撒一些，揉入面团，便呈现出好看的绯红色。揪成一个个小剂子，揉圆、压平，包入事先调好的馅儿，再揉圆，往龟粿印一压，漂亮的图案就出来了。最后往背面刷点清油，贴上粿叶，便可上屉蒸熟。红龟粿的馅儿可甜可咸，甜的有花生馅儿、芝麻馅儿、豆沙馅儿，咸的一般就是猪油豆沙馅儿的。一般人家比较少做咸味儿，只因我爱吃，家里往往另外单独做几个，让

我带进行囊，即使回到另一个城市时，也能复苏家的味道。

甜粿。闽南甜粿一般指的就是红糖甜粿，在别的地区，也有类似的年糕。比如美食作家殳俏曾经写过宁波猪油年糕："这猪油糖年糕在吃的时候，需裹上蛋液在锅中以小火慢吞吞煎熟，趁热吃起来则是又香又甜又黏。小孩子最期待的，便是过年时这道最经典的饭后甜品，就算每每吃到它时小牙齿们就在糯米中艰难跋涉，仍不能阻止一个个都嚼得双颊鼓起，吃完后嘴唇上都多了层亮晶晶的猪油。"果然如此呢，祭拜神明后的年糕就可以随意取用，一般都在用餐时作为餐后甜点，这个时候就是小孩子们最欢乐的时候了。也有人家随时煎了来吃，也是一道极好的点心。特别是在南方的冬日，整天都是寒冷的。若是一家人在客厅泡茶、聊天、看电视，便会觉得寒意沿着脚就爬上来了。这时主妇便会问："好冷喔！要不煎个甜粿吃？"孩子率先欢呼起来，极力响应。于是，"吱吱"的油锅响起来了，一张张金黄油赤的甜粿裹着香喷喷的鸡蛋盛在白瓷盘里，孩子们就拿着筷子去挑，缠绕半天，终于卷起一大块黏糊糊的粿，一边呼呼地吹着，一边迫不及待地往嘴里送，吃得唇上脸上都是亮晶晶的油。

甜粿的原材料是水磨糯米，早年时候闽南人家用的还是柴火大灶，灶上一个大鼎，底下旺旺地烧着木柴，米浆倒入鼎里的笼屉，得靠人力不断搅动，搅得蜜糖色的米浆逐渐凝固，最后成为完完整整的一个大圆形。记得小时候，最喜欢在热乎乎的厨房里看大人们蒸粿，因为最后那根搅甜米浆的棍子都沾满了蒸熟的甜粿，大人们就会慷慨地说拿去！我们小孩子便欢天喜地地接过来，坐到院子里，你一口我一口地舔吃干净了。现在工艺早已改良，不需如此费时费力，儿时的乐趣也随之消逝了。但还好，甜粿在崇神重祀的闽南，同样承担着重要角色，所以现在还是有作坊承办甜粿的蒸制，圆如满月，贴着红纸条，展示着吉利喜庆的美好模样。

故乡的粿还有很多种，比如碗糕粿、白粿、水磨碱粿等。有句闽南话说："你冲虾米碗糕?"意思是问人家在干什么。这里的碗糕就是指碗糕粿，是粿类中简单又淳朴的一种，把磨好的米浆倒入小碗蒸熟，一个个小碗，冒着尖尖的顶，顶上裂成几瓣，宛若一个一个"笑脸"。有时主妇们还用红色点上几点，就更加萌了。碗糕粿口感是蓬松轻软、香甜可口，老人小孩都爱吃，也容易消化。又比如水磨碱粿，因为加入碱，年糕内部发生了化学变化，变得Q脆Q脆的，味道很独特，可以蒸着吃、煎着吃、炸着吃，蘸着白糖，美味无比。民间智慧的多样，必然催生粿的多样，写不完的一个"粿"字啊!

对于中国人而言，食物不是单纯的食物，往往都是赋予了美好的愿望和意义。闽南粿，也一样出现在一衣带水的台湾宝岛。当年关将近，海峡两岸的人家，燃起同样热烈的拜神香烛，奉献同样喜庆的红龟粿、香甜的甜粿、雪白的碗糕粿，我们就知道，这些粿的味道，都一样。

花可食

以花入馔，自古以来便有诸多记载，宛若饭桌上的一曲"风雅颂"。

苏东坡有诗《雨中明庆赏牡丹》，写得明白："明日春阴花未老，故应未忍着酥煎。"这道酥炸牡丹，据说南宋初年的陈太后也爱吃。《养小录》也有记载："牡丹花瓣、汤焯可，蜜浸可，肉汁烩亦可。"这么多吃法！后悔在洛阳只被雍容之貌所迷醉，倒是择上几瓣，清嚼亦是好的吧。

而《楚辞》写的是吃秋菊："朝饮木兰之坠露兮，夕餐秋菊之落英。"菊花入馔，那可多去了。曹丕《与钟繇九日送菊书》云："思餐秋菊之落英，辅体延年，莫斯之贵。谨奉一束，以助彭祖之术。"送菊花给钟繇食用，祝福钟繇能和八百岁的彭祖一样长寿。陶渊明也说食菊可延年益寿："酒能祛百虑，菊解制颓龄。"可见，古人食菊，甚是看重养生长寿的功用。

其实老百姓的饭桌也都不乏花食美学。屋前房后，种的木槿、玫瑰、槐花，太多的芬芳从枝头叶间直落灶头饭堂。云南是善花馔的好地方，曾吃过一次玫瑰花饼，现做，呈现上来的时候还是热乎得烫手。一咬，浓郁的玫瑰花香在口腔绽开，细细密密、层层叠叠，如丝绸般滑入鼻腔，久久不散，仿佛周身流转的都是玫瑰色的春光。第一次觉得，原来味道是有颜色的。

口感顺滑的还有木槿花，在福建周宁一处山村里，吃过一道汤，盛在粗糙的瓷盆里，灰粉色的汤羹让人辨不清是什么。喝了一口，舌尖却惊艳：鲜滑！原来是木槿花汤，薄薄的花瓣已融在顺滑之中，口感极好。走出来，果然看见院子里好几簇木槿花招招摇摇，顿时心怡。时隔许久，有一日竟看到超市里有木槿花在售卖，粉嫩的花蕾、碧绿的花托，整整齐齐地码在盒子里，就像参加选秀节目似的，在一片蔬菜瓜果里脱颖而出。赶紧就买了回来。清洗的时候，看着一枚枚粉色的花苞在清水里浮浮沉沉，飘飘展展，绽开了吸饱水

的花瓣，着实喜欢，觉得那顿晚饭也轻舞飞扬了。

记忆深刻的，还有童年的那片茉莉芬芳。幼时常住伯父伯母家，伯父周奇彬先生学识渊博，给学生上课时穿着中山装，颇有民国之风。他平时就爱喝个茉莉花茶，院子里种着许多茉莉花，从暮春到秋初，馨香不断。伯母每天清晨就摘下尚未开放的花苞，擦干晨露，密封于茶叶罐子里，待花蕾干瘪，茶叶也就吸饱了清香。冲上一泡，淡淡的茉莉花香萦绕鼻翼，你用力嗅闻，却倏地不见了。等你不经意间，花香又若隐若现地回来了。那时家境不佳，茶叶也都是普通的"海堤"牌，但却因为这一缕缕的茉莉花香，让平凡的日子也有了一丝与众不同的芬芳。

长大后看书，得见周瘦鹃一文《茉莉开时香满枝》里

记："把茉莉花蒸熟，取其液，可以代替蔷薇露。也可作面脂，泽发润肌，香留不去。吾家常取茉莉花去蒂，浸横泾白酒中，和以白砂糖，一个月后取饮，清芬沁脾。"不禁莞尔，想起我伯母，一个大字不识几个的家庭妇女，每天摘取茉莉花的样子，倒有文人气了。其实周瘦鹃的这个做法，像极了《红楼梦》里描写的"木樨清露"和"玫瑰清露"，只是后者是进贡的上品，做法更繁复了。

这几年倒是流行蜜渍或盐渍樱花做的各种美食，不管是水信玄饼，还是樱花冰球，那重重叠叠的樱花花瓣被完整地保留下来，仿佛还在枝头绽放，颜色粉嫩仿佛吹弹得破，单单看着就像是一个艺术品，舍不得入口。从日本带回来一包盐渍樱花，那粘着盐晶的花柄，粉色的花伞，美得可以给自

己的懒惰找到很好的借口，于是又轻轻放回去，什么玄饼，什么冰球，看看就好了。

倒是很喜欢做桂花酒酿丸子。从"满城尽是桂花香"的桂林带了几瓶桂花蜜，酒酿大火煮开，雪白的米粒翻滚，空气中泛着淡淡的酸，五彩小汤圆调皮地呼着热气，一一浮现。起锅后挑几勺桂花蜜，一搅，星星点点的金黄漾开，甜香的味道马上捕获了你的嗅觉。这样的小点心，最适合"寒夜客来"的时候了。

也许多年前，宋朝时的那个夜晚，苏轼和元素一起分赠的那束桂花，就落在眼前的这碗桂花酒酿里了——

月缺霜浓细蕊乾，此花无属桂堂仙。

鹙峰子落惊前夜，蟾窟枝空记昔年。

破械山僧怜耿介，练裙溪女斗清妍。

愿公采撷纫幽佩，莫遣孤芳老涧边。

「蚝油芥蓝」的简单哲学

平时很喜欢去港式茶楼吃饭，粤语说的"叹茶"是也。其中有一道"蚝油芥蓝"，是常点的菜，百吃不厌。其实这道菜做法极其简单，但在家里就是不肯动手，仿佛要到茶楼吃才算正宗。但每家茶楼的做法还是有细微差别的。有的焯得过熟，有的则太生，和直接嚼叶子没什么两样；有的用了不好的蚝油，死咸死咸，反倒破坏了芥蓝的脆甜；有的上来的芥蓝大小不一致，粗细参差。这道菜，还是菜梗粗点儿的才好吃。

你看，单单一道简单的"蚝油芥蓝"，就能看出一家餐厅用不用心。越简单，则越不简单。这个道理，放眼生活亦是如此。

曾经有一阶段，经常头晕。医生说，压力太大、焦虑过多引起的。吃了很多药、看了很多医生都没见效。只好请病假在家休养。平时拼命地往前冲，在都市的弱肉强食中，终于挤出了一条路。现在叫我不要走就不走了？一下子难以接受，困于蜗居困于心。每天听着窗外的公交车进站、出站、出站、进站，内心更加焦虑不安：你看，有用的人都上班了，难不成年纪轻轻如我，就得像"中国大妈"在广场上"翩翩起舞"？这一想，就坐不住了。叹了口气，拎上菜篮子，学习"大妈"第一步：买菜。

蔡澜先生说："只会吃不会做的食评家是个二流的食评家。"闻言不由脸一红，一向是以"读透万卷书，行走万里路，吃遍天下食"为宏伟目标的，平日里几乎不下厨，只负责吃和评价。可现在，再多的"梦想"在"健康"面前都得让路。当下最重要的是，我得给自己做顿饭吃！面对超市里姹紫嫣红的蔬菜，我没了主意，做什么菜好？彩椒酿肉？鲍汁杏菇？百合银杏煲？脑海里浮出的一道道菜都有个共同的名字：太麻烦！正发愁呢，一眼却看到了角落那水灵灵的芥蓝菜，有了，就做"蚝油芥蓝"吧，好吃又简单！

喜滋滋地拎了把芥蓝菜就回家了。但是，新的问题又来了：芥蓝菜得去皮。那一整捆的芥蓝都得我自己去皮吗？我烦躁地挑了把细长的厨刀，一屁股坐在餐桌旁，一根一根地削皮。刚开始实在难受，工作上一向是雷厉风行，现在要一根根择着，和猪八戒拿绣花针一样没耐心。但还是得择完呀，总不能带皮啃吧。深吸了一口气，用厨刀撕下一根芥蓝的皮。慢慢地，发现心竟渐渐静了下来，这样烦琐的小事逐步变得不是很讨厌了。初秋的阳光很好，透过窗帘的幔纱，斜斜地落在眼前，衬得芥蓝越发地碧绿。我一点一点地撕着，也一点一点收回了心。是啊，跑得太快，灵魂容易跟不上的。停下来，歇歇脚，是为了更好地前行。终于择好了，青玉般的芥蓝齐齐整整地码在白瓷盘里。热锅、加油、倒水、烫焯、摆盘、浇上蚝油，一气呵成，好看得很，好吃得很。

是谁说过："小时候，幸福是简单的事；长大后，简单是幸福的事。"所以，当我们的心已经无法承载的时候，请慢下来，再慢下来，和这道"蚝油芥蓝"一样，简单生活，简单爱。

酱的味道

柏杨先生的著作《丑陋的中国人》将中国传统文化种种弊端喻之为"酱缸文化"，针砭在"酱缸"浸淫多年的中国人。由此很多人对"酱"的印象是极不好的，说它脏、臭、酸。而实际上，"酱"在百味中是占据极重要位置的。中国是人类历史上最早会使用发酵技术的族群，早在周王朝就制作出"醢"——即肉酱。而贾思勰的《齐民要术》则详细记录了豆酱、肉酱、鱼酱等酱类的种种做法。自古以来，酱，是生活中必不可少的调味品之一。

美食家蔡澜先生说："我一向认为做什么菜用什么酱油，不能苟且。"我是极赞成的。闽南人所说的"豆油"其实就是"老抽"，适合用来做色或者腌渍，比如红烧肉、卤豆腐等。新加坡等华人地区也保留"豆油"这一叫法，一脉相承。而蒸鱼、拌凉菜等，则需用"生抽"，清甜而不"死咸"。福州鱼露早在几百年前就已在民间形成一套独特的生产工艺了，直到今天，也还是赫赫有名，真是不得不赞叹劳动人民的智慧！前几年热播的韩剧《大长今》，里面有一集专门演绎了长今制作酱油的过程，其中以炭置于缸底，以吸异味和酸味，是她的独门秘方，不仅制作出了美味的酱，也使整个剧情跌宕起伏，大大吸引了观众的眼球。

　　不管是哪一种酱，有时赋予它新的生命的，不是因为调味，而是记忆。《三联生活周刊》美食专栏作家殳俏求学日本多年，经常是在柴鱼酱油的气味里一个人坐车去上学。后来回国，有一次经过一家居酒屋，遇到熟悉的气味——"'啊！是柴鱼酱油呢！'我对自己说，抑制不住地，鼻子酸了起来……"——有味道的记忆，成为生命旅程的一部分。记得小时候，我家住在机关大院，里面有个露天院子，排着长长的两行大酱缸，盖着尖尖的"铁帽子"。每隔一段时间，厨房的后勤人员就要打开"铁帽子"，使劲搅动酱料，以确保正常发酵。每当此时，我总是好奇地想去一探究竟，但终归捏着鼻子远远观望。但随着时间的推移，酱缸逐渐飘散出

香味来了，特别是中午阳光正盛，整个院子都是酱香味。院子里还有一口大水井，水很满，不知为什么，里面有好多的小鱼。酱香味一起，小鱼便纷纷浮出水面。我和小伙伴们经常拔了井边的小草，再用力地推开"铁帽子"，拿小草蘸了酱去喂鱼。正午的日头高照，整个大院静悄悄的，大人们都在午休，只有我们不知疲倦地来回蘸着酱汁，一个个趴在井沿上喂小鱼。这样的情景，深深印在幼小的心灵深处，这样自由而美好的童年啊，一去不复返了。多年后，我带着我的学生参观"古龙酱文化园"，近六万口传统酱缸再次出现我的眼前，空气浮动着酱油特有的气味，令我激动不已。可我的学生却无法体会这种传统手艺带来的震撼，在他们的世界里，酱，仅仅是摆在超市货架上的调味品。所以，这样的现场学习是十分必要的。面对全亚洲最大的传统酱油酿造晒场，我们了解到"古龙酱"一直坚持传统古法工艺来制酱。保留并且传承，这是一件功德无量的事。果不其然，在参观学习结束后，孩子们对"酱"文化的了解，或多或少都有了收获。我想，正如多年前那个蘸酱喂鱼的小女孩一样，多年后，我的学生也能回想起当年穿梭在酱缸里，一边皱眉捏鼻，一边好奇地问东问西的一幕吧。气味和文化，就是这么巧妙地结合在一起，保留在生命记忆的深处……

酱的味道，还是一种思念的味道。在台湾眷村，居住着当年从大陆来到台湾的老兵。其中有一个老兵，当年被拉壮丁的时候才十七岁，他永远记得那一天中午，娘做饭时发现没酱油了，叫他去打酱油。一上街，他就被抓走了，手里还紧紧攥着酱油瓶子。这一去，就是四十年。这四十年，是怎样的日思夜想！最后等得只剩下记忆深处的那句话："娃，去打个酱油!"终于，盼到可以回大陆探亲了，他不忘买瓶酱油带上。远远地，在村口就看见了一个佝偻着背的老人，上前一看，他顿时热泪盈眶，跪倒在地："娘! 我回来了!"娘眯缝着眼，哆嗦着嘴唇，瞅了半天，突然一个巴掌就下去了："你这娃，你一瓶酱油打了四十年，娘差点就等不到你了哇!"话音未落，就一把紧紧搂住他，母子泣不成声……

在那些望眼欲穿的岁月里，老兵们等待的思念都汇成了一种种味道，有的是辣椒酱，有的是豆豉酱，有的是杂酱……

来一串关东煮

最初，关东煮流行到南方的时候，我还以为是东北那边传过来的，当年"闯关东"的人们在冰天雪地里吃的东西。后来才知道大错特错，关东煮是日本关东地区的杂烩，后传到大阪、东京，就称之为"关东煮"了。

关东煮的起源还是颇有田园气息的——源于中世纪日本流行的民间活动"田乐"。顾名思义，"田乐"就是劳动人民自娱自乐的活动，其中关东地区最出名的就是踩高跷。因为串在竹签上的豆腐、鱼丸等美味形如踩高跷，故名"关东煮"。日本篆刻家曾谷学川写了本《豆腐百珍》，书里有田乐法师和用竹签串的油豆腐的对比图，意为两者相像，很有趣。日本人也昵称关东煮为"阿田"，发音是"oden"。后来，"oden"也流行到台湾了，闽南语发音类似"黑轮"，于是，关东煮在台湾又叫黑轮。所煮的内容就更丰富了，单单丸子就有贡丸、鱼丸、牛肉丸、包心肉丸……台湾文化很杂糅，西方文化和东方文化、闽南文化和中原文化，以及日据五十年带来的影响，诸多文化都交融贯通，很有意思。一个小小的关东煮，便可管中窥豹。忠孝东路、士林夜市，随处可见穿着过膝长袜、超短百褶裙的女孩，人手一杯黑轮，长长短短的竹签在腾腾热气中反衬着白皙的肌肤、鲜艳的红唇，仿佛与大阪街头的女孩无异。

关东煮受欢迎很大程度上是因为它的方便，可单食，也可群分。以前，关东煮基本上都是在"7-11"日本连锁便利店里卖的，后来发展到街头小摊车上了。于是，学生放学回家路上，三三两两，头凑在一起，挑上一杯，嘻哈打闹；上班族匆匆路过之际，也能随时带上几串。生活节奏快，那么辛苦，奔忙的时候用这一点美味抚慰下自己，即使仅仅是一点热气，也是好的。

记得那时，我一人居住，每天下班的时候都已经是华灯初上，夜色繁芜了。饥肠辘辘地停好车，想着离做好晚饭还那么遥远，胃首先就抗议了，脚便不听使唤地朝关东煮的小

摊走去。这些小摊的主人大都住在离我们小区不远的城中村，都是熟悉的陌生人。刚走近，便会有招呼声此起彼伏："噫！这几天咋没看见你？""明早还留不留鸡蛋汉堡哇？"瞬间，人间烟火气扑面而来。我嘿嘿而笑，端着一次性杯子，戳着一个个浮浮沉沉的萝卜、豆腐，一口一口，吃掉一人份的饥饿和孤独。

流动小摊的关东煮是改良过的，不像日本是用加入酱油调味的昆布汤熬煮的，味道不同。即使是国内的"7–11"，也不是原配方，但这并不妨碍食客的需求。在北京鲁迅文学院学习的时候，五百米开外的设计大厦有家"7–11"，我有时会骑着单车，摇摇晃晃去买东西。因为附近有高校和写字楼，便利店的饭包和关东煮很受欢迎，几次去的时候都卖光了，只能怅然，空手而归。不过平心而论，这家便利店的关东煮的确不怎么样。但那样的时刻，味道倒是退而求其次了。

要吃个好味道，也可以在家自己做。学校发福利的时候，我选了一包进口的昆布，想着做汤也行，没想到倒做了关东煮。买了萝卜、魔芋、豆泡、鱼子福袋，丸子没有买到喜欢的潮汕牛肉丸，便作罢了。家里有朋友送的海带结，也提前泡发。没有格子方锅，就拿钢精锅代替。咕嘟咕嘟，昆布汤煮好了，加入味噌调味，放入焯过的食材，盖上锅盖，等入味。味道慢慢渗入白白的萝卜、绿绿的海带、胖胖的豆泡、Q弹的魔芋，也渗入了在一旁等待的嗅觉，让等待的时间变得无比欢喜起来。煮开了，一掀锅盖，热气蒸腾。没有竹签呀，就拿了筷子，在锅里瞎串一气，也像个样子了。站在灶台边就吃起来了，一锅的浮浮沉沉、热闹无比。

就像煮开的豆泡，放大的，是温暖的味道。

萝卜情深

　　小时候以为全世界只有一种萝卜，就是白萝卜。连环画儿里的儿歌《拔萝卜》，画的也是一个大白萝卜。盖以为，只有白萝卜这个品种。

　　看书。里面有红萝卜、青萝卜、紫萝卜、心里美萝卜、杨花萝卜……但终归是书里头写的，小小人儿的心里还直纳闷：老北京俗话说的"萝卜赛梨"，可萝卜怎么赛梨呢？于是溜进大厨房，抱起洗好的萝卜一口啃下去，那个辣得呀，只差没淌眼泪了。看着那大白萝卜啃出个坑，怕被大人责怪，只好泄气地撤退了。一想起来，小小人儿还不服气得很。

　　看电视。陈宝国身穿长袍马褂，坐着太师椅，喝一口茶，拈起桌上一盘萝卜片，惬意地说："萝卜就热茶，气得大夫满街爬。"把小小人儿眼又看直了——这萝卜怎么能当茶配呢？

看电影。老北平深夜的吆喝声穿透大街小巷："水萝卜——心里美哎——"小小人儿哈喇子也跟着出来：这萝卜吃起来肯定美得很！

就这么一个萝卜，把小小的一颗心悬了那么多年。

直到现在，闽南地区的菜市场上，萝卜的品种也大都是白萝卜和胡萝卜，甜得赛梨的萝卜还是没有的。原以为是南北的缘故，但汪曾祺老先生说他们家乡"有一种穿心红萝卜，粗如黄酒盏、长可三四寸，外皮深紫红色，里面的肉有放射形的紫红纹，紫白相间……卖穿心红萝卜的挑担，与山芋同卖，都是生吃"。你看，南方也不乏可以生吃的萝卜嘛。但为什么闽南没有种植呢？就连好看的"心里美萝卜"，在饭店也大多作为摆盘的雕花。

所以我在北方的时候，吃饭就爱吃个萝卜。那时餐厅每周四会供应简单的自助餐，炸酱面、饺子，随你装。还有一大铁盘圆圆的小红萝卜，玫红的、深红的、紫红的，滴溜溜地滚着，煞是好看。吃完一大碗炸酱面，直接用手拈着小

小的萝卜，蘸着酱，一口脆甜！果然"萝卜赛梨"啊！颜色又好看，薄薄的红皮、雪白的内里、翠绿的缨子，顿时觉得高大上起来，这哪儿啃的是萝卜呢，分明就是八大山人的《蔬果图》嘛！

萝卜青菜，都是老百姓日常桌上摆着的，是家常里日子的味道。无论是北方的大骨萝卜汤还是南方的干贝萝卜汤，都是在外的游子风尘仆仆回到家时，对胃囊最好的慰藉。作家张佳玮回忆他在外国留学时，喜欢炖个萝卜汤，就是因为那汤一煮沸，满屋子都是萝卜的香气，就像回到家里一样，妈妈正在厨房炖着一锅萝卜汤。想到小时候，那个小小人儿对未知的红萝卜、青萝卜充满好奇和疑惑，进而拒绝喝一碗排骨白萝卜汤，真是好笑得很。

其实白萝卜更像一位海纳百川的高手，入味之后，可以随意改变自己原有的面貌。比如"鲍汁萝卜"，打入萝卜内部的酱汁渗透无逾，甚是美味。《随园食单》里也教给我们一个食谱："用熟猪油炒萝卜，加虾米煨之，以极熟为度。临起加葱花，色如琥珀。"这和"鲍汁萝卜"有着异曲同工之妙了，皆是"色如琥珀"。古代人对日常吃食研究深刻到位，比如金圣叹临死前向儿子传授的心得："花生米与豆腐干同嚼，有火腿味。"其实我在很小的时候就有同感，长大后看到这个典故时，恨不得穿越清朝与金圣叹握个手。

小时候还喜欢看村人腌萝卜干。道路两旁、晒坪四周，只要能对白萝卜平铺直叙，让阳光三百六十度无死角地按摩萝卜的地方，村人都会让白萝卜去排排队，直至晒得瘦巴巴的时候，才来收进箩筐。腌萝卜干可是个力气活，得不断拿粗盐揉搓，让盐粒子充分地渗透。然后一层萝卜一层盐，层层垒进瓮或者缸，有时候还要站上去踩，完了盖上木头盖子，最后还要搬上一块大石头，就静等时间和盐分共同合作了。凡是食物的制作，总是有高低之分的。有的人家，腌出来的萝卜干金黄干爽，闪着盐晶细碎的光芒，嚼之又脆又香，最后味蕾还会觉得微甜。有的人家，那就是齁咸齁咸了。腌好的萝卜干，如果任凭时间静止，长达三年五载的，黄色的萝卜干便吸收了岁月的精华，变得通体乌黑，称之"老菜脯"，具有消食、顺气、养胃之功效。以前的闽南人家，大都藏上这么一瓮两瓮"老菜脯"的，现在已是踪迹难寻了。记得那年，我外出求学时，有一次生病高烧，烧得整个人都迷迷糊糊，什么都吃不下。辅导员正巧是闽南人，便在她的宿舍给我开小灶，煲了一小锅粥，加入几片切得薄薄

的乌黑的老菜脯，还有几颗花生米，喷香扑鼻。我胃口大开，一锅粥都悉数吃完，出了一身汗，翌日高烧竟然全退，病好了大半，至今还很感念那位辅导员老师。

也许，那时生的那场病，无外乎是叫作"乡愁"吧，一碗带有故乡菜脯的粥，就可轻易治愈了。

芒果绵绵冰

　　夏天不吃冰是绝对过不去的！这几乎是所有女生的口号和心声。当然，也不排除男性朋友喜欢吃冰，你看夏天各大冰室外面满满坐的人就不乏男同胞。这几年，又多了个口号：不吃"芒果绵绵冰"也是过不去的！那绵密的牛奶冰，堆着小山似的黄澄澄的芒果块，淋上甜蜜蜜的芒果酱和牛奶，不能不说，这是巨大的诱惑。"食色性也"，甜品和爱情，都有着共同的名字。

　　当"斯利美"打着"台湾正宗芒果冰"席卷对岸的时候，你还真没法想象，原来有那么多人爱吃芒果冰。经常是排队排成长龙还不一定吃得到。"斯利美"的芒果冰味美分量足，除了大块的芒果外还有芋头、芋圆，淋上芒果酱、牛奶还不够，还撒上花生碎。味蕾冻成一片冰凉，多层次的口感却还分明。于是大家都在这个夏天迅速找到一个解暑的好理由。有一次，和几个作家朋友一起在"角头烧酒摊"饮酒，喝到快十二点了，正好聊到"斯利美"，大家眼前仿佛就出现了那一大盘黄的紫的白的芒果冰。就再也坐不住了，残酒饮尽，一伙人走着去附近的"斯利美"。临近午夜，店里幸亏还有人在。天热，就搬了桌椅到路边吃。芒果极大，香芋极香，芋圆又有嚼头，大家吃得极满足。一位较为年长的朋友感慨："多少年没出来吃冰了，真是好啊。"我拼命点头："是啊，夏天不吃冰怎么叫夏天呢！"大家吃得谈笑风生，一勺一勺，挖的都是快乐的记忆。

其实很多家冰店或饮品店也都是会制作芒果冰的，比如后来我遇到的"佳乐比精品咖啡"，他们家的绵绵冰不是牛奶冰而是淡黄色的芒果冰，味道更足。那一层一层的冰像页岩一样累积，特别绵密有质感。那家咖啡馆就在车水马龙的湖滨东路，马路牙子下的空地摆了六张桌椅，不觉得挤，反倒面对灯火辉煌的街道，更有闹中取静的感觉。只要用心，就会受人欢迎的，不必在意是不是很"火"，是不是得大动干戈地慕名而去。

因为吃冰，重要的是贪凉，贪图在炎热的季节，能够反抗似的得到属于自己的快乐。在许鞍华导演的电影《黄金时代》，有一个细节让我记忆深刻。彼时，抗日战争已愈打愈烈，硝烟四起。汤唯饰演的萧红身怀萧军的孩子，只身投靠朋友的杂志社，每天腆着大肚子躺在廊下。当她听到有人在说："外面新开了一家冰室，我们去吃冰吧！"她马上喊起来："我有钱！我请大家吃！"于是一伙人走过一片片残垣破壁，坐在那家冰室的小院子里，有的叫了冰啤酒，有的要了刨冰。就算是炮火纷飞的战争年代，也不可阻挡吃冰的诱惑。也许，正因为是战争年代，什么希望都那么渺茫，还是暑天里的一点凉意才是能把握住的。所以后来店家要找两块七给萧红，萧红连连摆手说不要。这是多么苍凉的手势！只有她明白："我不需要了！"至于明天？她在她的前半生看了那么多次，还是看不到明天。

这部电影想要表达的，很多现代人是看不懂的。但这并不妨碍他们，欢欢喜喜抱着爆米花进影院，然后高高兴兴看完出来说："走，我们吃冰去！"——那就去吃吧，至少，我们曾经共同吃过一盘芒果冰，头碰头的无间亲密，是来之不易的缘分。

茗·思

　　闽人好茶，但凡街头巷尾，皆可见一处茶几，几许人，喝茶、话仙、讲古。客人进得家来，亦是先泡上茶来。茶，不仅是生津解渴之物，更是情感交流桥梁。

　　春日迟迟，夏阳炎炎，秋花艳艳，冬气寒寒，四季皆是饮茶好时节。午后，慵懒睡起，清洗茶具，泡来一壶茶，香气袅袅，令人沉浸其中。茶，是好茶，然，没有好水，些许遗憾。手中一卷《徐文长全集》，随手一翻，只见徐渭谓之："茶宜精舍，宜云林，宜瓷瓶，宜竹林，宜幽人雅士，宜衲子仙朋，宜永昼清谈，宜寒宵兀坐，宜松月下，宜花鸟间，宜清流白石，宜绿藓苍苔，宜素手汲泉，宜红妆扫雪，宜船头吹火，宜竹里飘烟。"文长本家一席言，竟叫今人如何喝

茶了？操琴焚香，还可做到，和朋友"永昼清谈"，竟也是难矣。至于"素手汲泉""竹里飘烟"等茶事，越发地做不到了。每个人生活越来越忙，心却是越来越重。表面上，如雁过寒潭，一切都是淡然，但我知道，每一个人的故事都是一个澎湃的大海。何以解忧？我想，除了杜康，茶，亦是使然。

《徐文长全集》收集了徐渭大部分的诗作，作为诗书画皆成大家的人物，更可贵的是，他在民间还享有盛名，坊间流传诸多故事，令人忍俊不禁。民间有传说："文长一日见有人卖大缸，便问价格几何，卖者欺他衣冠简朴，十分瞧不起，说这大缸是称斤卖的。文长决意教训，遂应他要购买，要求抬至家里，然后取出几文钱，说：'我只要买一两的，给我敲一两吧！'"卖者满头大汗，竟无语以对。而袁宏道著有《徐文长传》一书，也曾记载："文长好奇计，尝饮一酒楼，有数健儿亦饮其下，不肯留钱。文长密以数字驰公，公立命缚健儿至麾下，皆斩之，一军股栗。"可见，徐渭可谓爱憎泾渭分明。后世如此之人，怕是寥寥。

日头西移，茶色逐渐淡了，我合上书本，回到了现实。其实，虽不能如本家如此潇洒，但至少，在当下，我们还有书籍，还有茶，书香茶香日子香，香香皆有道啊！

那些『古早味』

　　每个地方总有属于自己地方特色的食物，但因为时代变更而逐渐式微，甚而消失。于是，这些食物的味道就烙印在一代人的记忆里，特别是童年吃过的东西，更容易引起一代人的共鸣。

　　有一阶段，网上很流行晒"你吃过这些吗"，把童年的小零食晒出来，引起了一大波网友的参与。年代印记很容易在孩童的记忆里呈现，特别是食物越匮乏的年代越有特别记忆。记得有一次和朋友聊这个话题，一个北方朋友说他们那儿贼穷，小时候馋得慌了，捏一把胡椒面儿就当零食了。这在南方孩子看来，是不可思议的，至少在我记忆里，"大大"泡泡糖、无花果干、广澳梅、烤鱼片等诸多零食都已经很普遍，再后来的可口可乐、曲奇饼、巧克力也都是常见的了。但终归，有一些来自民间的零食，有着属于自己的味道，悄然镌刻于心，时间越久，越是回味，这就是所谓的"古早味"了。

儿时的"古早味"有好多种，比如"铁糖果"。顾名思义，这种糖果像铁一样硬，可以含在嘴里很久而备受小伙伴欢迎。一颗圆溜溜的糖果，粉白相间，外层滚了一层白砂糖，没有任何包装，就放在罐子里，论颗卖。记得有大有小，大的多大呢？小小嘴巴是含不住的，腮帮子鼓起老大一

圈，吃的时候得丝丝抽气，免得甜甜的口水因为嘴合不拢而流下来。你要是敢在这个时候走到小伙伴群里，保证别人的口水流得比你多。还有一种拿水泡着吃的粉末叫"大茶"。到现在我也很纳闷为什么叫"大茶"。这其实就是加入了葱油和砂糖的炒面粉，吃的时候调水搅成糊状，又甜又香。这也是老百姓自创的"零食"。又比如"咸糕"，糕点一般都是甜的，但也有不爱吃甜的人呀，于是，"咸糕"便应运而生。小小的，长方形的包装，上面贴了一张红色的纸条，写着俩字：咸糕。有点像云片糕，但咸香得当，入口即化。不过不可多吃，多吃易"上火"。只是对于小孩子来说，这个世界的零食只分"好吃"和"不好吃"。所以小时候经常听到小伙伴因贪吃"咸糕"导致便秘而被大人骂的事，骂过后又照吃不误。笑着闹着，那时候的小伙伴就长大了。

为什么会想起这些"古早味"呢？因为这次我回到老城，误入一条小街，竟发现了一家小店，还在制作和出售这些儿时的零食。只见从临街的一个窗口搭出了几块木板，就算是柜台了。老远就能看到柜台上那粉白相间的"铁糖果"、小巧的"咸糕"以及金黄色的"大茶"。再往里一看，靠墙又是一条长的木板，就是案板了。另一边是老式的灶台，竟然还是烧柴火的！灰白的墙壁已是烟熏火燎成灰黑色，旁边的层架放着簸箩、筛子等工具。一切是那样陌生，又是那样熟悉。记忆中的气味渐渐复苏，仿佛又看到那群争先恐后跑去供销社买"铁糖果"的小屁孩……

时代的印记就是这样轻易地留在那一样样的"古早味"里。那么你呢？记忆中，你儿时的"古早味"是什么？

奶油的念想

　　说到"奶油"，一般人是敬而远之的。男人们很不明白，那么一坨又甜又腻的东西有什么好吃的？小孩是很喜欢的，恨不得对妈妈的叮嘱反其道而行之，每次吃奶油蛋糕只抓奶油而放弃蛋糕。而女生，则是又爱又怕。即使是脱脂黄油，也先"恐吓"自己："不能吃哦，会发胖的！"而后又忍不住吃了，最后才来舔舔手指发誓："下次不吃了！"张爱玲在《红玫瑰与白玫瑰》书中把这一幕描绘得淋漓尽致："（拿着花生酱瓶子）娇蕊踌躇半日，笑道：'这样罢，你给我面包塌一点，你不会给我太多的。'振保见她做出楚楚可怜的样子，不禁笑了起来，果真为她的面包上敷了些花生酱。娇蕊从茶杯口上凝视着他，抿着嘴一笑道：'你知道我为什么支使你？要是我自己，也许一下子意志坚强起来，塌得太少的！'两人同声大笑。禁不起她这样稚气的娇媚，振保渐渐软化了。"——书中写的虽是花生酱，但异曲同工的，甜的奶油和花生酱一样，轻易软化的，不仅仅是女生的意志。

意大利人很喜欢在早餐的咖啡中加入大量的牛奶或者奶油，"拿铁（latte）"一词在意大利语中就是"鲜奶"的意思。后来传到中国就大受欢迎。星巴克等大众咖啡馆中受欢迎的大都是卡布奇诺或拿铁。在澳大利亚的时候，我很喜欢一家街角咖啡馆的"Vienna coffee"——维也纳咖啡，因为上面覆盖了厚厚的奶油以及细细的巧克力糖浆。滚烫的咖啡，经过冰凉的奶油，加上甜甜的糖浆，一下子在口腔里融化成迷人的味道，令人大大地满足。其实这款咖啡发源于奥地利，传闻是一位马车车夫发明的，所以也有"单头马车"的昵称。一看到这个昵称，是不是感觉到了厚厚一层的奶油呢？面对这样的味蕾诱惑，"热量""发胖"，这些可怕的词都跑到九霄云外去了。

我经常讲，一个女生如果在咖啡馆有约，谈工作或者谈事情的话，请点单品咖啡。反之如果是异性约会的话，那么点个花式咖啡吧，轻轻缀一口，上唇覆盖了薄薄的一层奶

油，令人心生爱怜，也让男生心生纠结，到底是用手指轻轻拂去，还是拥入怀中，就势吻去？当然，这样的建议也只能适用于小资小文青，你要是和诸如重庆、四川的美女约会，火锅吃得风生水起，照样不失美丽。所以，奶油的味道，是停留在欲罢不能的念想里。

因为是念想，所以会时不时想吃上一块。有一年冬天，无故地疯狂迷恋这甜腻的味道，经常到喜欢的西点店拎上一盒奶油蛋糕，大概是九寸的，晃悠着到闺蜜的单位，和她分享下午茶。那么厚实的奶油蛋糕，两人就都给消灭了。快乐时光的结果就是，我和她不可抑制地发胖了。春天到来的时候，我们不约而同地发现，衣柜里的裙子变窄了！互相告知的时候，两人在电话里哈哈大笑，却丝毫没有害怕退缩之意。也许，在灿烂的青春里，什么都是可以挥霍的。爱情，还在遥遥不知处，怕什么发胖呢？通完电话，我和闺蜜又坐到了一家有各种蛋糕的咖啡馆。现在想来，真是无所畏惧的青春啊！

那么，如果有一天，有个女生递给你一片吐司，像《红玫瑰和白玫瑰》里的娇蕊一样，请你帮忙涂的时候，那就请大胆地塌吧！她噘起小嘴嗔怪的时候，心里说不定可乐着呢！

暖暖的酒酿

　　"明天不用上课，你睡迟些，起来了我给你做米酒吃。"说话的是班上的山东美女康玲玲，我的好姐姐，在北京读书时没少受她照顾。这不，说要给我做米酒吃。我一听可好奇了：怎么早餐吃米酒？

　　她也乐了：就是醪糟、酒酿啦！

　　我才恍然大悟！从小在海岛长大，还真很少吃这个。地方风情习俗不同，具有地域色彩的美食也都不尽相同。

　　但酒酿不一样，全国各地很多地方都有，只是叫法不同，醪糟、酒酿、米酒、甜酒……江南旧时的小巷，常常传来悠长的叫卖声："甜酒——"这软糯的江南味道也出现在电视剧《似水年华》里，乌镇的姑娘默默自小在酒坊里长大，两颊常年如桃花绯红，因为常常偷吃醪糟。那时觉得扮演者李心洁好美啊，可惜青梅竹马的文（黄磊饰）还是爱上了北京来的英（刘若英饰）。第一次知道"醪糟"，也是从这部电视剧里看到的。没吃过，当时心里充满了好奇：何为醪糟？为何味？

其实，在元朝以前，还没有蒸馏技术，古人们喝的酒基本是未蒸馏的低度白酒及黄酒，也就是醪糟。所谓"新醅绿蚁酒"，就是说新酿的酒还未滤清时，酒面浮起酒渣，色微绿，细如蚁。李清照也有词："薄衣初试，绿蚁新尝，渐一番风，一番雨，一番凉。"后来蒙古游牧民族把通过蒸馏工序获得高度烈性酒的技术带入中原，才掀开了酒的另一篇章。明朝人李实在《蜀语》中说："不去滓酒曰醪糟，以熟糯米为之，故不去糟，即古之醪醴、投醪。"的确，古称醪糟为"醴"。

醪糟又叫甜酒，原因是因为乙醇含量极少，有酒的香味而无醉酒之忧，民间都爱这一甜食。比如"酒酿小丸子"，各地做法也不尽相同。四川的叫"醪糟粉子"，酒酿煮开，将汤圆面团搓成一根细长条，从左手的大拇指和食指中间往外挤，挤出来像小拇指尖儿那么大的汤圆粉，直接挤入锅

里。这小丸子里是没有任何馅儿的。而宁波的"酒酿汤圆"就不一样了，那小丸子虽小，但和普通汤圆一样，带着各种各样的馅儿。据说还有一个风俗，就是"七夕乞巧节"。女孩子们喜欢斗巧，其中比赛项目之一就是比包小汤圆，包得又小又多还煮不破的就是赢家。这样的赛事真是雅趣十足！而听湖北的朋友说，他们那边也叫"糊米酒"，放入糖、桂花和醪糟煮开，也可加入红枣、枸杞等，以藕粉或江米粉将汤搅成糊糊，别有一番风味。

记得在鼓浪屿开咖啡馆的时候，那道"酒酿小丸子"就很受欢迎，常常三天两头食材就告罄。我们有一个小奶锅专门煮这道点心，大火煮开后，再扔几颗红红的枸杞，又有营养又好看。坐在老旧的木窗旁边，佳人轻搅小匙，缕缕热气消散，轻启朱唇，一口一口吃完那碗酒酿，美得像幅画。所以往往客人点完这道甜食，我们就推荐她们坐到那个窗口，路过的旅人轻易可见，便不自觉地也跟着走进院子里来了。现在超市里都会卖酒酿，还有小汤圆，非常方便，随时可以在家里做这道美食。每每做起来，还是会在脑海里浮现那些美丽的画面。

酒酿煮蛋，这也是许多地区用来招待贵客的上好的点

心。有的地方的做法是把蛋打散，做成酒酿蛋花甜汤；有的是滑蛋煮开，白白的酒酿里卧着胖胖的荷包蛋，看着就令人垂涎。

于是，一听康玲玲说要煮"米酒"，我便故意撒娇说："那我要卧一个荷包蛋！我喜欢'卧'这个字，多生动呀！"康玲玲笑着说："知道你是小懒猪，喜欢'卧'！"

于是，两人笑成一团。第二天，还"卧"在床上的我果然收到了康玲玲送来的"卧"着俩鸡蛋的酒酿甜汤。

这碗甜汤，从此以后就经常出现，暖暖地叫醒那些冬日的早晨。这一送就送到了离别时候。南方的我和北方的她，要各奔南北了。她放心不下，一再嘱咐：别贪凉，别吃冰的；多喝点暖的，自己给自己做碗酒酿……

好吧，那我就放下笔来，在离别一年后的冬天，给自己煮一碗暖暖的酒酿吧。我知道，温暖我的，不仅仅是这碗酒酿。

排队变奏曲

这座充满文艺气息的海滨城市，落地开花着许多网红美食。从古早味的"烧仙草"到现阶段特别流行的"脏脏包"，无一例外地在店门口排着长长的队伍。

"真搞不清楚，怎么有那么多人排队！"我一边吐槽一边排到队伍的后面。是的，我也不可免俗地跟风了。这里面有些人是"托"，有新闻爆料，店家特地雇了一些人来排队，这是营销策略。尽管知道，但也抵挡不住现代人尝鲜的猎奇心理，一个个排成长龙。其实味道也还行，只因自己排了那么长时间的队，就觉得到手的美味瞬间好吃了许多。

回忆起童年，20世纪80年代的时候，那时一到年底，各个单位都会发福利，发的是券，比如"带鱼券""柑橘券"

等。那时好的物资都还紧俏，手里握着这几张紧巴巴的提货券，主妇们心里也都是没底的，所以每每到了可以提货的日子，家里的小孩就会一大早地从被窝里给拎出来——"快去排队！晚了就没有了！"母亲大人面命耳提，顺手把孩子的两条鼻涕攥掉，嘴里大声催促着："快去快去！"

于是，孩子们一个个拎着篮子的、攥着麻袋的，在寒冷的早晨里快速向指定的冻库那里飞奔。到了现场，已经有早到的了，大多数都是家里的老人，觉少，醒得早，就来排队了。小孩子们是第二主力军，一到就嘻嘻哈哈地闹开了，也不管自己的"光荣任务"了，大呼小叫地玩闹着。那时天可真冷啊，冻库外面的地上都结着薄薄的一层冰，孩子们一玩儿，绝对就会摔倒，四脚朝天的、屁股墩儿着地的，年龄小的就哇哇哭开了。这时，家里的主妇们也来了，掐着时间点呢，冻库要开门了。来了一看，火冒三丈，人群中揪起自家小子："叫你来排队还是叫你来玩的？看你这衣服脏的！"对着屁股"啪啪"几下子，于是现场更是热闹了。老人们笑呵呵地看，也拦着："这大过年的，就别打孩子了，哪家小子不淘气嘛！"

后来排队的街坊邻居也陆陆续续多了，互相打招呼：

"吃了吗?"

"今年发奖金没?"

"不知道今年带鱼肥不肥喔,去年不是本港捕捞的,肉质柴!"

这个话题马上引起周围的附和:

"就是就是,都是外洋捕捞的,头颌那里有块圆溜溜的骨头!"

"哎呀,就是这个骨头,那天家里老人差点磕掉牙!"

"别嫌弃了!有的领就好了,就怕今年供货不够,晚来排队的就领不到了!"

"哎——开门了!开门了!冻库要发鱼了!"

排队的人马上挨挨挤挤地往前凑,冻库的工作人员一边收走大家的鱼券,一边发放冻得硬邦邦的白带鱼、马鲛鱼。发到鱼的人家脸上笑开了花,拖着扛着就往家走,今年的春节,炸带鱼、打马鲛鱼丸,年味可都有着落了!

那时我还小,丝毫不知道排队领年货的辛苦,每次跟着妈妈或者表姐去,都非常开心,就喜欢凑个热闹,而且因为排队的缘故,大人们怕小孩坚持不住,常常会带些小零食"稳定军心",奔着那些小零嘴,在冷飕飕的大冬天里排长

队，非但毫无怨言，反倒很是期盼。有时候，排队的时间长，妈妈也会抱起我，捂捂我被风吹得通红的小脸。那样的记忆很是美好，大家有说有笑，日子有奔头，一切都是欣欣然。

是的，不过两三年，"改革开放的春风吹满地"，街上再也没有需要排队买东西的景象了，排队领年货的日子自然也就结束了。

没想到时隔多年，还是有机会在街上排队买东西的。当我站在长长的队伍中，耳畔却没有记忆中那些欢声笑语了，没有邻居，没有街坊，周围都是陌生的小伙子小姑娘，大家一个个都低着头，在玩手机。

泡
面
记

　　在深夜里稀里呼噜地吃着一碗泡面，是不是一件很纠结
的事？吃或不吃，这是个问题。看这碗泡面：浑圆的面饼已
在沸腾的水中，感受到了热烈的力量，化成了丝丝缕缕的面
条，又Q又弹牙，难怪方便面商家要打出"面，很重要"的
旗号。蔬菜包里那些脱水蔬菜，也在热汤里装模作样地舒展
开了蔬菜的样子。加入一些胡萝卜丝、黄豆芽，所以，有
白、黄、橙、绿、褐，颜色倒也惹眼得很。一口下去，在面
汤的微辣中，味蕾碰触到了萝卜丝微弱的清甜，随即，黄豆
芽大颗的豆瓣也迅速参与进来，牙齿与豆瓣的摩擦，带来了
咀嚼的快感。这种咀嚼带来的奇妙快感，源自大脑奖赏系统
的关键结构伏隔核被强烈激活，大脑发出一种愉悦的奖赏信

号，这就是为什么有那么多人喜欢吃薯片或坚果类的食物的原因。

吃泡面的另一快乐的秘诀是，要趁热。富有弹性的面条在筷子上颤巍巍地抖动，吸溜一下，热乎乎的面条就下了肚，丰富的满足感马上攫取了你的胃囊。尽管泡面的味道都是闻着比吃的香，但这种饱足感还是平民百姓所欢迎的。而且指不定，在吃面喝汤的时候，还能发现新大陆似的夹起一点肉丁，高兴地喊道："看，真有牛肉耶！"其实，就算是没有真牛肉，这样一大碗泡面的热量，也是可想而知的，而且在午夜十二点吃这样的夜宵，实在会令要保持身材的人大为哀叹，后悔不已的。

哀叹就哀叹，留给第二天后悔吧，现在，是一碗泡面的故事时间。

电影《喜欢你》有个经典桥段，主角金城武是一个挑剔的富家公子，关于泡面，他有着严苛的标准，他说：

"方便面是失眠人的好朋友。水在一百度沸腾，会挥发了面的香气。面在三分钟煮透，但将透未透时才最弹牙。完美只存在一瞬间。而数字可以帮助无限接近这个瞬间，美妙的不是巅峰，而是存在于巅峰之前，怎么掌控它才是关键。

时间是面的敌人。这一秒的面和下一秒的面，根本就是完全不同的两碗。"

电影中，金城武一边看着那款和爱马仕合作特别推出的苹果智能手表，一边用磁性的嗓音念出这段独白，一边分秒必争地完成了仪式般的泡面过程。于是，这段演出仿佛成了"如何煮方便面"的教科书，纷纷有网友晒出自己的泡面心得。

其实，说一千道一万，大家着迷的并不是泡面教程，而是电影里金城武那迷人的嗓音吧，当然，主要还是那帅气的脸庞。

所以到底安慰人心和胃囊的，还是"和谁一起吃饭"的永恒话题。即使煮个泡面都精确到秒的金城武，最终还是选择了周冬雨那个乱哄哄的小窝，因为在那里能"安心地睡觉、吃饭"。电影想说的，还是爱的主题。

香港人把方便面叫作公仔面，声称："没有公仔面的茶餐厅就不叫香港的茶餐厅。"茶餐厅很多用的是"出前一丁"方便面，或煮或炒，都是伴随香港人长大的记忆。也是香港电影里常常出现的美食，阿sir们在街头巡逻，最后肯定是要到茶餐厅吃一碗热气腾腾的公仔面，或者是菠萝

油配鸳鸯奶茶，最不济也是三明治加咖啡。满满的都是一代人的回忆啊！

以前工作的学校旁边有一家小小的咖啡馆，是一对香港老夫妻开的。先生不太会说普通话，做得一手好奶茶，每每到店，丝袜奶茶是必点的。太太娇小、慈祥勤劳，常常烤了蛋糕或蛋挞，免费请客人吃。老夫妻对我很好，每次去都会停下手中的活，和我聊几句。有一次，我又去打包咖啡蛋糕作为午餐，太太却笑眯眯地端出一盘火腿蛋公仔面，说知道我爱吃公仔面，中午刚好做了，请我吃。这盘面，一直留在了心里。

夜深且长，如人生漫漫，那就什么也不说，吃完眼前这碗泡面吧，金城武说得对：

"方便面是失眠人的好朋友。"

器之美

　　暮春时节，我们一行人沿着京杭大运河，顺流至山东，一路走走停停，沿路考察。此行收获颇多，特别是考察中见到的那些古代食器，极具大美！时间长河留下的斑斑印记，让人观之恍若穿越历史时空，如闻当年其味。便择一二分享。

簋

　　唐朝诗人孟浩然有首田园诗《过故人庄》："故人具鸡黍，邀我至田家。绿树村边合，青山郭外斜。开轩面场圃，把酒话桑麻。待到重阳日，还来就菊花。"古代祭祀以"黍"

为上品，待客也是以"鸡黍"为贵。黍，早在夏商周时期，便已普遍种植。那时米为主食，特别是在南方，水稻种植水平越发提高。但到底在北方，还是属于珍贵的谷物。《论语》有云："食夫稻，衣夫锦，于女安乎?"可见，"稻"

与"锦"同为重要。所以在西周时期，贵族家的小案前，都会放置叫作"簠"的青铜器，用来盛放米饭。有了米饭，便开始出现了在历史舞台上重要的角色——酒。传说，仪狄善于烹饪，他用桑叶包饭发酵后酿出酒，敬献给禹。禹是极为冷静的君王，尝过后，惊，并言之："后世有以酒亡国者！"同时拒绝仪狄，不再品尝。传说是真是假，难以考证，但酒以亡国之说，却是在历史上屡屡印证，比如不久之后的桀，成功地为后世留下了"酒池肉林"的成语。

当时像仪狄这样的善厨者众，比如商朝的伊尹，就是因为技艺高超，而被后世厨师尊为鼻祖，称之"厨圣"。他同时还辅佐商汤王灭夏治商。一次，商汤王为军政所困，吃不下，睡不着。伊尹便呈上粥羹，王一喝：烫死了！再换：太凉了！又再换：太咸了！一而再，再而三，汤王都喝不到满意的粥，大怒，欲治罪伊尹。伊尹才不慌不忙地说："粥羹要不凉不热、不咸不淡才好，做事情也一样，不急不躁，不愠不火，才恰到好处。"果然，后商灭夏，改朝换代。伊尹认为，食，"九沸九变，火为之纪。"当时食材较为粗鄙原始，需多点几次冷水、多加几次火来深加工食材，使其更适合身体吸收。看到这里，你会联想到什么？对，煮饺子！现

在还保留着"点三次凉水，饺子浮，即熟"的烹饪方法。1978年，在山东的薛国故城遗址，出土了青铜器"簠"，里面还存留一些白色的三角形的食物，内有屑状馅料。据考，这就是现在饺子和馄饨的雏形，这个发现，把饺子的起源追溯到了两千多年前。

鬲

那年一场"非典"，让国人体会到传统"共食"之弊端，提出向西方学习"分食制"。其实，早在我国第一个朝代夏，吃饭采取的就是"一人一鬲"。鬲，在新石器时代先出现了陶制，后为铜制。铜鬲盛行于商代至春秋时期，商代前期的铜鬲多无耳，后期一般有两个直耳。西周前期的鬲多为高领、短足，一般是三足，更为稳当，足皆中空。我们考察所见到的西夏侯遗址出土的陶鬲边有弧形把手，利于倾倒食物。故宫博物院藏有一件西周时期的方鬲，下部有门，可以开合，由门内放入木炭，以加热煮食。没错，你猜到了，这不就是我们现在的小火锅吗？华夏泱泱千年，古人的智慧一直延续至今，让人感慨万千。遥想当年，我们的祖先在田野

劳作，随身携带一个鬲，饿了，于田头放置鬲，里头搁点自家种的米、粟，再扯一点野菜，点燃一把枯草干柴塞在鬲的足下，便可"一人食"了。

还有另一种食器，是"鬲"与"甑"的组合，下面为鬲，用于烧水，上面为甑，用来蒸食物，中间有镂空的箅隔着，用来放置食物。这可以说是相当于我们现在的蒸锅了。

前些日子大热的电视剧《那年花开月正圆》，讲述陕西首富周滢跌宕起伏的一生，其中周滢爱吃的甑糕，就是用"甑"蒸出来的。现在关中一些地区，还保留着这种器具。

鼎

说到鼎，不由让人想起那个负气扛鼎而被压死的秦武王嬴荡，其时，鼎已作为礼器之用，成为国家和权力的象征。但在最早的时候，鼎是重要的食器。有一个小故事，说的是：春秋时期，郑国公子宋与大夫子家一起上朝，途中公子宋的食指忽然动了一下，他便跟子家说："看来今天又要有好吃的了！"子家半信半疑，恰好听见内侍说楚国派人送来一只大鳖，郑灵公下令煮来让文武百官一同品尝。两人相视而笑。郑灵公好奇，便问他们什么事情如此开心，子家向郑灵公说明公子宋的话。郑灵公听完后，也笑了。等到吃饭的时候，却故意不请公子宋。公子宋大怒，竟然走到郑灵公的座位前，把食指伸到鼎里，沾汤来尝一下，并说："谁说我的食指不灵，我不是尝到美食了吗？"郑灵公暴怒，欲杀公子宋。岂料公子宋索性发动政变，杀死了郑灵公。这个典故就是成语"食指大动"的由来。这真可谓吃货的心是所向披靡啊！陕西考古队曾在西安的一处战国秦墓出土一件青铜鼎，里面还保留半鼎"牛肉汤"，汤里还有牛骨头，至今两千多年！令人啧啧称奇，也不由得充满遐思——当年的"钟鸣鼎食"，是怎样的一种盛况！

匜

　　作为长期任教低年级的一名老师，我经常教小朋友怎样洗手，有时候因为孩子个子小，够不着水龙头，我便用手掬水帮他们冲洗。这不由让人想起古代的"匜"，它是一种水器，后来也成为礼器之一，用来为客人洗手，以表尊贵，其形状很像人的手掌掬起来的样子。

　　匜分青铜匜、玉匜等，阶级不同，所用不同。考察中所看到的青铜匜属"兽形匜"，水沿兽首而出，实用而美观。有的匜还加以盖子，不仅能保持水质干净，更添美感。

　　中华民族自古重礼教，匜的使用也是有规矩的。《左传》中有云："（重耳及秦）秦伯纳女五人，怀嬴与焉。奉匜沃盥，既而挥之。怒，曰：'秦晋，匹也，何以卑我？'公子惧，降服而囚。"这个记载说的是，古时奉上匜盘为客人盥洗后，还要"盥卒授巾"，即递上毛巾，请客人把手擦干，这是一套完整的礼仪，以表互相尊重。然而重耳洗完手，却没有等怀嬴递上手巾，便自行甩掉手上的水，这属于失礼的行为，因此触怒了怀嬴。重耳害怕发动战事，便连连表示道歉。你看，古人尚且知道洗完手不能乱甩，视为失

礼，今人更当如此！所以经常教我的学生们一定要在洗手盆"甩甩小手"，不要把水溅到别人身上或四周。这当为做人的基本礼数之一啊！

此行考察所见食器还有很多，如樽、豆、簋、壶等，遗憾的是时间有限，仅能管中窥豹。泱泱中华，荦荦大端者，不计其数，多少文化瑰宝穷尽一生亦是无法追随。但浩瀚星空见一颗璀璨，滚滚长河取一瓢清幽，我辈后人也足以感叹不已了。

人间烟火气

　　"红泥小火炉，新醅绿蚁酒。晚来风雨雪，能饮一杯无？"白居易的这首《问刘十九》里所描绘的大概是人们都喜欢的一种意境吧。屋外风雪急，屋内炉火旺，三四好友，围坐食桌，推几盏淡酒，聊时光冷暖。言欢的，都是人间烟火气。

　　白居易还写过一首诗，叫《寄胡麻饼与杨万州》："胡麻饼样学京都，面脆油香新出炉。寄于饥馋杨大使，尝看得似辅兴无。"唐朝时，各国来朝，其中胡人所做的胡饼风靡一时。但胡麻饼具体是什么样，有馅儿没馅儿，正史野史也都众说纷纭，比如《梦溪笔谈》就认为："胡麻直是今油麻（芝麻），汉使张骞始自大宛得油麻之种，古名胡麻。胡麻饼即是将芝麻撒在饼面之上的饼。"但《隋唐史话》又说："饼内可着馅。"这又像当今的馅饼了。不管形状几何，可以肯定的是，当年大唐长安街边路旁，到处"面脆油香新出炉"，袅袅蒸腾的，都是大唐盛世的人间烟火气。人说苏东坡是美食家，看来白居易也有这雅好啊。

可不是？烟火气，是滋养每个好日子的味道。年少读书的时候，学校离家近，都是走路来去。每每放学时已是饥肠辘辘，一路踏着夕阳归，一路闻到的，是东家飘出的炒菜香气，或是西家的炸物油香。于是知道了，左邻今天晚上吃芥蓝炒牛肉，右舍则是煎了带鱼和螃蟹。不由得咂咂嘴，加紧了回家的步伐。那一阶段家里正处经济困境，母亲一改往日巧手厨娘的角色，经常做个"青椒炒肉"对付晚餐。年轻的味蕾倒是喜欢青椒的清朗，路还未拐弯，就能闻到属于自家的味道。果不其然，家里厨房传来"嚓嚓"的声音，青椒的味道随着油烟从窗户飘出。我用力一跃，扒住窗棂，冲着厨房的母亲大声喊道："嗨！"掌勺的母亲吓一跳，扭头看到是我，顿时绽开了笑脸："小坏蛋！还不进来！"于是，洗手吃饭。即使多年后，我不再喜欢吃这道菜，但在心里永远为青椒的味道保留着一席之地，那是对那段时光的尊

重和致敬。

就是因为根植于生活，这样的烟火气才令人眷恋。《金瓶梅》里的西门庆和李瓶儿说要吃个"白面蒸饼"，那就是踏踏实实地上了个白烙馍。而《红楼梦》里的老祖宗嫌弃那"一寸来大的小饺儿"："油腻腻的，谁吃这个！"只因馅儿是螃蟹的。然而，在第三十八回大观园设螃蟹宴的时候，老太太却是兴致最高的，带着薛姨妈到处"逛了园子"，接

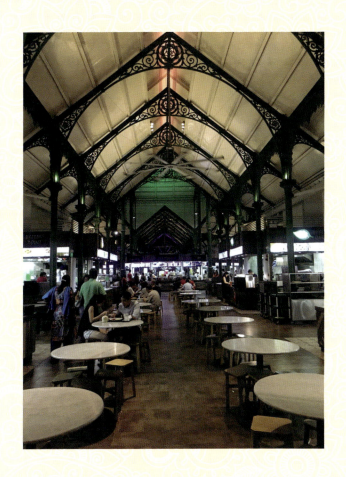

着兴高采烈地参加年轻人的"螃蟹沙龙"去了。这一回合的描写精彩之至,吃蟹、咏菊、吟诗,好不热闹,不单众人高兴,老太太也沉浸在天伦之乐中。所谓人生得意,也就是那一团人间烟火气罢了。

不由得想起那次在新加坡的老巴刹吃螃蟹的情景,那更是热闹无比。老巴刹建于1894年,是东南亚现存最大的维多利亚时期的铸铁建筑,前身是菜市场,就建在新加坡CBD中心。四周围都是拔地而起的高楼大厦,玻璃幕墙反射着夜色与炉火的光芒,低矮的长街被高楼包围,每一处排档都设有烧烤摊,烟熏火燎、热气腾腾。这里的大马烤肉和胡椒螃蟹都是负有盛名,几乎每张桌子都点了这些招牌菜。对于我而言,吸引我的除了这些美食的确名副其实,口感极佳,更有意思的是这种场合——白天,这里是新加坡的金融中心,到了夜幕降临,这里成了真实的生活舞台。看那大厨快速翻炒,火与热在锅里过招,迅速"撩"熟食材,快速盛到盘子,大吼一声:"这边上菜!"那些伙计一边拿着菜单招徕客人,一边端着盘子上菜。人群攒动,人声鼎沸,周围各种语言交杂,汉语、马来语、英语,嘈杂的人声交融着突然升腾而起的炉火,让人情绪高涨,讲话也不由得跟着大声而欢快起来。也许，这周围坐着的，就有那些金融精英，脱下西装到这里放松自己。抬头看看四周还在亮灯的金融中心，不由感慨：那也是另一种不一样的人间烟火吧。

人生百态，各有各的热闹，但终归还是这热腾腾的烟火气来得熨帖安心哪！

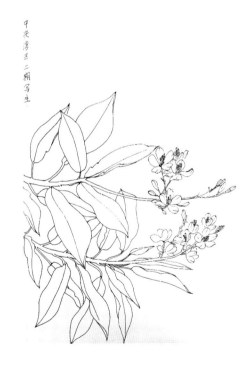

食之意境

一道好的美食，在于色、香、味、形、意。在古代，"意"是非常重要的评判标准。就像是国画中的"留白"，看不清摸不着的东西，可就是明明白白地在那里。

"世上没有相同的两片叶子。"中国菜里那几个字"盐少许、糖少许"，这样的"少许"，是西餐无法企及的，你也永远无法掂量彼与此的重量。所以中国美食，即使同一道菜，不同人做，也都有着细微的差别。

美其林在给餐厅打星的时候，也是很重视味道之外的美。西方没有"意境"之说，但有摆盘之美。你看法式餐厅，一个盘子多大！摆盘也是重要的艺术。

现在有不少人跑去日本，专门吃一道"流水面"：清泉从山上潺潺而下，泉眼咕嘟、水声悦耳，通过架在水流中翠竹竹筒的运输，一小团一小团的银丝面顺势流出。食客坐在泉边，风轻云淡地夹起那团面线，带着泉水的清新，涤荡五脏六腑。山中的风、林中的泉、泉中的声、面中的味，"意"的境界沁入无形。这道美食所提供的素面并不多，挟不过几筷，就到了红色素面的出场，表示进食结束。这样的用餐品味，吃的就是一个意境。

其实集山水自然、美食美景于一体，自古以来就是食客们所追求的。"清泉石上流，明月松间照"，在松涛月辉之间，燃烛烹茶；"湖畔杨柳影，不碍小船行"，让我们荡起双桨，吃个涮锅；"腰缠十万贯，骑鹤下扬州"，我带着你，你带着钱，去扬州赴船宴……话说扬州船宴自唐宋就开始盛行，一直到乾隆下江南，还喜欢让人开个画舫，"游船河"去！据当时《扬州画舫录》所描述："画舫在前，酒船在后，橹篙相应，放乎中流，传餐有声，炊烟渐上。"你看，还另设"酒船"做厨房，设宴则在画舫，有赏景之美而无油烟之虞，讲究美食、美时、美景、美趣，其意境之高，情趣之美，不得不令人啧啧称赞。

清朝时期，京都还盛行一种冰宴。作为"马背上的民

族"，清朝历代都会定期举行各种比赛。努尔哈赤就曾经举办过别开生面的冰嬉活动，他让贝勒爷们在冰上踢球，还让众福晋在冰上赛跑，就是不知道福晋们跑步的时候穿不穿花盆底的高跟鞋。想想那样的画面，真是有趣得很！"运动会"结束后，努尔哈赤就在冰上设宴，用山珍海味犒赏"运动员"。而在民间，也设有冰宴。百姓们相约在什刹海、护城河等地方溜冰、赏雪，玩累了，把溜冰用的冰床、冰车连在一起，铺上毛毡毛毯，放上美酒美味，尽情欢乐。不得不说，此时的饮食味道如何已不重要，"吃"的就是这个氛围、这个意境。

现代人对美食的追求亦是孜孜不倦。山河湖海、高楼大厦、四合院农家乐，寻寻觅觅，各种软件，各种APP，帮助你跋山涉水、漂洋过海地寻找舌尖上的诱惑、内心深处的那一份满足。的确，时代的发展、交通的方便，轻易可成就我们的美食之旅。

想起那年夏天，在浙江雁荡山小住。时值雨季，山间云雾缭绕，山林绿意盎然，山气润泽淋漓。我们住在山顶上的茶厂，常常不过几步，便见身边白云缕缕，缠绕缠绵。伸手去抓，却又转瞬即逝。下得山来，溪水蜿蜒，潺潺有声。我

们见桥下有大青石平整，竟大可容纳数桌。便叫饭店的老板
把桌椅摆在了桥下溪边，晚饭有醉泥螺、炸溪虾、烩石蛙、
烧香鱼，还有老板娘自己种的青菜。溪水清澈见底，从脚边
流过。我们索性脱了鞋袜，踩在沁凉的溪水里，无比舒服。
真如古诗所云："当流赤足蹋涧石，水声激激风吹衣。"不
远处，一群鸭子凫游，不时把头伸进水里觅食，或者抬头甩
甩水珠，嘎嘎几声。还有几只大鹅，迈着优雅的步子，到溪
边伸长脖子喝几口水，同时还不忘警惕地看看我们。饭店养
的小奶狗，在岸上徘徊，却不敢下来，急得唔唔呜呜，直摇
尾巴。那样的画面，清新美丽得如同一张明信片，珍藏在了
记忆深处。

　　"我见青山多妩媚，料青山见我应如是。"境界之说，
是内心与外界的两两相互观照。其实重要的不是满足口腹之
欲，而是"珍惜"二字，懂得留白，才更能体会到"食"之
"美"吧。

柿子和柿子的事

又是一季柿子成熟时。

自幼海岛长大，很难得看到柿子树。到了柿子上市时，市集上的水果摊贩总是吆喝着："正宗北方柿子！个大味甜！"地理水土的不同，上演着水果变奏曲。"淮南为橘，淮北为枳"，仅隔一条河，淮北人就得到对岸高价购买甜橘子。当然，现在交通如此便利，岭南的荔枝到了北京也不需要"红尘一骑妃子笑，无人知是荔枝来"。北方的柿子也能"墙头累累柿子黄，人家秋获争登场"。市集上，那姹紫嫣红、五光十色的当季水果中，不得不说，柿子是属于"心比天高，命比纸薄"之流的。她是漂亮的，红莹莹的外表在水果摊上脱颖而出，跳跃着秋阳的明媚；她又是娇气的，吹弹

得破，要是赶集买一袋柿子，那回家的路就如履薄冰了，生怕回到家只能捧着爆出蜜浆的柿子小心翼翼地舔。她的确是平民百姓家中的小幺儿，价格低，受欢迎。但再怎么漂亮，再怎么娇气，也没办法像仙台的大白菜，挂在水果店，卖的是水果的价。

我是特别爱吃柿子的。小时候，每每大人下午出去买菜，就眼巴巴地盼着能带回一两个柿子。如愿以偿了，就高高兴兴地坐到一旁，把柿子掰成两半，埋头就吃，经常就是吃得满嘴满脸的，都是蜜浆。大人们都呵呵乐起来，小女孩也跟着咧开嘴笑，一看，缺两门牙！于是大人们笑得更欢了！一屋子的笑声在秋日朗朗的下午蔓延开来，一如柿子般甜蜜。

柿子饼也是极爱吃的。但是能吃到好的柿饼简直好比在城市里找到一棵柿子树那么难。美食作家殳俏写过关于手工柿饼的做法："手工柿饼也是近些年很难见到的好东西了，制作全靠手感。其手造过程是先削掉柿子皮，将果肉在太阳底下晒脱水分，风干出紧实的质感，然后进烤炉用龙眼木熏烘，再脱一层水分，接着继续日晒风干。这其中有道步骤不可少，便是定时用手按摩柿子果肉，这个动作尤其需要掌握

力度，为的是不让柿子在晾晒过程中变得太过僵硬，也可以让柿子里的单宁酸尽快地转化成葡萄糖，变酸涩为甜美。而柿饼做成之后，最诱人的，莫过于表皮上那层浅浅的白色糖霜，称为'柿霜'。柿霜的本质是柿饼晾晒过程中从柿子内部析出的糖分结晶体，不仅从外观上将柿饼晕染成浅浅晶光覆面的橘粉红色，吃的时候，先含化表面的柿霜，再咀嚼韧性十足的内里，也是一种别样的乐趣。"记得很小的时候，的确吃过含有"柿霜"的柿饼，老人们也说这层柿霜还是治疗咳嗽的良品。但现在的手工柿饼少之又少，据说，市面上卖的柿饼都是石灰"捂"熟的。所以吃的时候洗了又洗，搓了又搓，最后还是睁一只眼闭一只眼，囫囵就嚼了，谁还敢"含化"表面那层来历不明的"柿霜"？现代生活的节奏太快了，而柿子是个慢热的水果，还没来得及和阳光、秋风、时间发生"一柿情缘"，就已经被摞成干瘪的一叠，"柿语"已"失语"，又如何嚼出甜美的味道？

或者，我应该在这个秋天到北方去，坐在一家小院的柿子树下，仰望蓝天下那掠过的一排排南飞的大雁，然后等待着"啪嗒"一声，树上掉下一个成熟的柿子，趁着没摔个稀巴烂，赶紧捡起来吸，那就只有一个字："甜!"

素食·素心

　　以前有个同事，微微丰腴，爱美如她，誓要减肥，果然瘦身成功。大家羡慕不已，纷纷问之良方。她得意地说："不吃饭，不吃肉，保证瘦！"闻言吓退一批人。人类好不容易爬到了食物链的顶端，谁还愿意跑下去做食草动物呢？这个世界到处是"无肉不欢"的人，比如我就是其中一个。萝卜青菜固然好，但比起一只香喷喷的鸡腿，我还是愿意选择后者。大概是作为一名诗人，骨子里估计有着"大碗喝酒，大块吃肉"的豪情，如果哪天生病只喝稀粥，就不由自主在脑中浮现《水浒传》鲁智深的名言：嘴里淡出那啥来了！

　　然而，随着岁月的涤荡，慢慢地，"无肉不欢"这句话

变得说早了，开始喜欢多素食而避肉类了。无论是家常小炒，还是知名的素食餐馆，都常常见诸筷端了。特别喜欢到各个不同的素菜馆，品尝美食的同时，更多是一场好奇的探险，为什么普普通通的豆腐、面筋，能做出眼花缭乱、如假包换的"荤菜"？多年前，慕名到厦门南普陀寺，里面的素食馆非常有名，号称"天下第一素"。邓小平同志等国家领导人曾来此用餐，并大赞几道独具匠心的素食。的确，一个不大的院子，一株高大的榕树笼罩着一栋两层的小楼，清幽、雅致，时而传来寺庙的晨钟暮鼓，进食一餐，有如佛光沐过，心宁而气定。

于是念念不忘。

前不久，心有记挂，便又去了一趟。这次竟是大失所望：整个餐馆满满的游客！到处是导游红色的三角旗，到处是高声喧哗：

"这里！那个谁！就是你！到这里坐！"

"对！这就是邓小平同志喜欢吃的'香泥藏珍'，算您吃对了！"

"服务员！我们都等半天了！怎么还没轮到我们？"

……

一下子看傻了眼，怯怯地跟着排队拿了号，坐在廊下傻等。只见前面的商铺人潮涌动，吆喝声此起彼伏，头顶树上的知了声嘶力竭。我们面面相觑：这是素食馆吗？这是曾经安抚过我们心灵的"天下第一素"吗？

好不容易排队轮到我们了，刚拿着菜谱想仔细研究一下，服务员早已不耐烦地说："就选这个套餐吧，你看这桌那桌都选这个！"赶紧答应了，把菜单还给服务员，坐等着这个套餐："炒米粉、香泥藏珍、双菇争艳、素菜双拼、芦笋清汤。"我暗暗说服自己：人多肯定是这样的，服务不好不等于菜不好呀！可事实再一次打击了我，这里的素食已经完全商业化，沦为"旅游餐"了，大批的游客涌进来，并不是真的来品尝素食，而是来吃"著名的素食"，甚至只为了拍照发微博、发微信："邓小平吃过的菜！""郭沫若题过词的菜！"真是莫大的悲哀！就连那道著名的"香泥藏珍"，我也只挑了几口就放下了。芋泥过甜而不香，莲子硬而不糯。想起在"莲子之乡"建宁吃的一道"葵花扣仙莲"，同样是芋泥莲子为食材，绵软清香，甜而不腻，入口即化，芋泥的甜香和莲子的清香交织缠绕，让本不嗜甜的我足足吃了一小碗。而眼前的这道"香泥藏珍"让我摇头

轻叹。佛门圣地，却只留下了喧闹的铜臭。那曾经的安宁，当真一去不返了吗？

简单的食材，简单的做法，却因一颗诚挚的心而有诚挚的味道，这才是真正的素食。在记忆深处，就有这么一碗素面，深深打动过我的心。那时我才五六岁吧，家里有个远房的老姑婆，旅居南洋多年，年老时从新加坡回来，落叶归根，认祖归宗。但因直系子嗣均已不在，遂搬进了当地的一座庵庙，带发做了居士。这座庵庙唤作"南正院"，坐落在山上。每个周末，我的义父总会用他那辆笨重的"凤凰"自行车，载着我摇摇晃晃地去看望老人家。到了山上，就已近午了，老姑婆塞塞窣窣摸出若干个包装得严严实实的袋子，里面装着从南洋带回来的豆干、面筋、香菇等食材，以及胡椒粉、麻油等调味品。她摸摸索索，点燃了煤油炉子，给我们煮面吃。每次都不多不少，正好两碗。后来才知道，这些食材她平时是舍不得吃的，来了贵客才做碗面。因为她知道，她再也不会回新加坡了，这些食材，吃一次少一次了。那一碗面，让我思念至今：银色的豆芽、嫩黄的菜心、金黄的豆干、深黄的面筋、褐色的香菇、红色的胡萝卜，都切成丝，和白色的面条交相辉映，热气腾腾，混合麻油的香气扑

面而来，令人赏心悦目、食指大动。在我幼小的心里，这岂止是一碗面，简直就是一幅画！所以每到周末就盼着去看望老姑婆，以期能吃上美丽、美味的一碗素面。后来，上学了，时间总是被铺天盖地的学习、考试侵占得点滴不剩，渐渐地，去南正院的次数越来越少，最后就疏远了。直到多年后，我和男友去那座山游玩，才想起我还有位老姑婆在这里，一打听，才得知她早已仙去，当地人敬重她，把她的遗照挂起来礼奉。看着照片中老姑婆慈祥的面容，鼻子一酸，那碗色彩纷呈、香气扑鼻的素面又浮现在眼前……所谓"留点念想"，大抵如此了。

又记起香港"四大才子"之一的蔡澜先生有次受邀前往

日本，担任素食烹饪比赛评委，其中有位参赛选手就是个出家的尼姑。当别人选择了珍贵的食材来参加比赛，这位出家人却只选择最普通最常见的食材。最后烹饪的结果是，蔡澜先生认为这位出家人的菜是极好的，但其他评委的意见不同，最后出家人淘汰出局。听了结果后，出家人的脸上丝毫没有变化，安静地收拾了东西要离去。蔡澜先生忍不住安慰

她，她却淡淡地说："参加比赛本来就不是为了输赢的，而是为了展示我们寺里的素食。现在大家都看到了，我也可以回去了。"望着她远去的背影，蔡澜先生深深觉得：这才是真正的出家人啊！

素食。素心。当下素食越来越盛行，是件好事。也希望越来越多吃素食的人也能拥有一颗素心，只是为了食物的美好，而不是仅仅因为"流行"。

糖水

　　糖水是广东人、香港人、澳门人的叫法，常常是几个好友招呼着："食糖水去呀！"汪曾祺先生就曾表示过不解："广东人爱吃甜食。昆明金碧路有一家广东人开的甜品店，卖芝麻糊、绿豆沙，广东同学趋之若鹜。'番薯糖水'即用白薯切块熬的汤，这有什么好喝的呢？广东同学曰：'好！'"

　　在香港的时候，也会拖着康康同学去喝糖水，一碗"番薯糖水"端上来了，暗色的糖水中沉浮着几块切得小小的地瓜。我拿着汤匙捣得糊糊的，舀着吃。

　　康康疑惑地问："这是什么？"

　　"番薯呀！"我忍住笑，用闽南话回答他。

他眉头一皱："这有什么好喝的呢?"

忍俊不禁。原来有人和汪老的感受是一样的。

幸亏，糖水店里不止卖"番薯糖水"，还有很多甜品，但都统统归到"糖水"的名下就是了。

比如说"糖不甩"。我和康康同学都爱吃"糖不甩"。在桂林的时候，有一天很晚了，天极冷。在酒店房间写作了一天，忍不住裹紧了羽绒服，下来逛荡。突然发现广场上有家香港甜品店，喜出望外，就赶紧进门。人家已经要打烊了，清洗着机器，喝不了东西，就要了"糖不甩"。我说太晚不能吃太多糯米类的，两人分一碗就好了。康康同学执拗地说不要，他要自己吃一碗，"就要吃多多的!"结果，端上来之后，勉强吃了两个，我们俩把碗一推——实在太难吃。

"糖不甩"其实就是糯米汤圆滚上花生芝麻粉，看似简单，但要把握Q、弹、糯、香的特点，不粘牙且甜度刚好。花生芝麻粉是锦上添花，而非助纣为虐，卡着牙根儿疼。东西虽普通，却不随意。就像"红糖汤圆"也是，最喜欢的就是摆在街头的消夜摊子，旁边的炉子滚着汤圆，老姜的香气和着红糖的甜味儿，冬天夜里，行人再匆匆，也会忍不住停下来吃上一碗，热乎乎地暖着胃，也暖了心。

　　香港糖水铺子的"杏仁露"也很好，浓郁的杏仁味道，又香又滑。但并不是所有人都喜欢杏仁味儿的。有一次在北京和同学们去"老舍茶馆"喝茶看表演。上来的"杏仁豆腐"软软滑滑，杏仁味儿足，极为喜欢。身边的同学就不爱这个味儿，抿了一口就吃不下了。"甲之蜜糖，乙之砒霜"，口味这事儿呀，说不清楚。

　　想起了冯梦龙，他在《醒世恒言》第十四卷里写了"闹樊楼多情周胜仙"。这个故事说的是，宋徽宗年间，在繁盛的东京城里，有座酒楼，"唤作樊楼"，酒楼老板的弟弟范二郎是个高富帅，这日踏春来到茶坊里，与一位"嫩脸映桃红，香肌晕玉白"的美女一见钟情了。可是古代礼数繁缛，不能直接上前要电话，也没有微信"摇一摇"，怎么办才好呢？——"只听得外面水盏响。女孩儿眉头一纵，计上心来，便叫：'卖水的，倾一盏甜蜜蜜的糖水来。'那人倾一盏糖水在铜盂儿里，递与那女子。那女子接得在手，才上口一呷，便把那个铜盂儿望空打一丢，便叫：'好好！你却来暗算我！你道我是兀谁？'"——那边的范二郎可就支棱起耳朵仔细听了，这周胜仙便把自己姓甚名谁，谁家女子，婚配与否，清脆脆地说得一五一十。这边卖糖水的连连叫苦："我怎的暗算你？"女孩儿道："如何不是暗算我？盏子里有条草。"对面范二郎见状随即也叫："卖水的，倾一盏甜蜜蜜的糖水来。"于是，学着女孩儿的话，把自己的情况介绍得清清楚楚。女孩儿听得，心里好欢喜。于是，借故与卖糖水的争执，暗示着范二郎一起出去了。

才子佳人双双去，只可怜卖糖水的还在那边丈二和尚摸不着头脑，郁闷得很：春天芽初萌，哪来的草根呢？

——他不知道，这碗糖水里就算有草根，那也是蜜做的吧。

威士忌吧

喂，喝一杯

"啤酒喝完了。年轻的店员走过来，问他想不想要点别的。天吾稍一犹豫，要了波本威士忌加冰块，并加了一份花色坚果。波本，本店只有'四玫瑰'的，行吗？行，天吾说。什么都行。接着继续想青豆……"

我合上村上春树的《1Q84》，对夏越说："再来一杯。"正在忙活的夏越擦擦手，转身拿过身后酒柜的"四玫瑰"，用量杯倒了杯新的，摸了张杯垫，放到我前面，又收走了空的酒杯。

酒吧台的高脚凳很适合我的身高，我把下巴垫在吧台上，嘴巴凑过去叼着酒杯，就着倾斜的威士忌四方杯，抿了一口。顿时一股暖意顺流而下，口腔反馈回来威士忌的芬芳。最近爱上这款"四玫瑰"，美国产，味道清香。以前喝得更多的是苏格兰威士忌，单一麦芽，有复杂的香味，就像一位火辣的美女从你身边走过，你会不自觉地分析她的香气，前调是泥煤味，中调是橡木桶味，然后才有花香、蜂蜜香……而实际上，在这个酒吧喝酒的人，基本是"咕噜"一口喝掉，以显示雄风。

比如吧台另一头的那个大声讲话的胖子，我耳朵传来的不是他的"高谈阔论"，而是他一屁股坐下后，"吱呀"一声陷下去一节，再也没有反弹上来的高脚吧台椅。很显然，柜台上三四个空杯子都是他和身边的一个小伙伴喝光的。面对要展示开了挂的人生，酒精是必要的助燃剂。

"嘿，姑娘，一个人？"他费力地挪下身体，换到我身边坐下，"小越，给这位美女再来一杯，也给我一杯一样的。"

夏越抬头看了看我，我微微颔首。他转身去拿酒瓶。

"你不是一直喝BLACK JACK？刚才好几杯了。"夏越淡淡地说，把酒杯推过去给他。

"嘿，我说哥们，这你别管。"胖子端过酒杯，转头神秘地压低声音，"你猜我在什么地方工作？"

我轻轻端起我的杯子，调整了一下身姿，不动声色地拉

开距离，并没有回答，我知道他会迫不及待地说出来。

"你知道保利吗?"

"保利拍卖?"

"不!"他得意地笑起来，"是枪! 你说巧不巧? 你在喝四玫瑰，我从事和枪有关的工作，现在正好播放Guns N' Roses的歌，我们真是太有缘了!"

我抬头看看屏幕，还真是。不过我对重金属音乐不是很了解，这个话题分分钟被毙掉。再说，我对枪也不感兴趣。我看看自己，难道我像是"洪兴十三妹"? 一时哑然失笑。

他看见我在笑，也嘿嘿地笑起来，油腻腻地凑过来: "你知道我为什么可以在保利工作吗?"

——不好意思，我没有兴趣。因为这里是皇城根儿，多少人酒一下肚，就成了皇亲国戚，赶明儿，整个宇宙都是他们家的了。

我端起酒杯，把残酒一口喝干，妩媚一笑: "呀，我突然想起我家别墅门没锁，得赶紧回去了，咱们改天喝哈!"

跳下高脚凳，一把顺过《1Q84》，推门出去。

门一开，原来夜色已浓。我打开小包，拿出一盒"万宝路"，却找不到打火机，可能落在吧台了。

　　我暗暗骂了一句，烟的爆爆珠已经捏爆了，看来只能丢了。

　　"喂——"身后传来夏越的声音，"等下，我也出来抽根烟。"

　　我乐了："京城禁烟令连酒吧都不允许抽烟了吗？"

　　他笑笑，帮我点上烟。薄荷的强劲一下让头脑清醒许多。

　　我们坐在巷口的木椅上。路灯下，夏越额头的伤疤非常明显。

　　"我说，"我捏爆新的一支烟，递给他，"脸上是怎么一回事？"

　　"嗯，那时我刚进大学，特别不懂事。高中只知道读书、考试，我学习也不是特别优秀那种，怕自己考不上，丢脸，就拼命读，终于考上了，也还在北京，忒没劲！上了大学就放飞了自我，天天泡吧，你去三里屯问问，都知道我！"夏越不好意思地笑了笑，"你知道，三里屯那里高人挺多的，我后来去那边学了很长时间的手艺。"

　　"所以？"我心里想，怎么着，还和我谈上心了？

　　他笑了笑，"因为在那里找了个女朋友，她调酒忒厉害了，我就是和她学调酒的。"他又摸了摸伤疤，"喏，这个，就是为了女朋友和人家打架的，被酒瓶子砸了，那可是威士忌蓝方，肚子长，拿着趁手，'啪'地砸过来，我就晕了。"

我一下子笑出声来，第一次听到有人夸威士忌蓝方是因为方便砸人。

夏越也笑起来，仿佛说的是别人的故事。

不过也是，人生如戏，谁还没点故事呢？

"后来呢？"我问道。不是单纯礼节性地问问了，的确有点意思。不是吗？按照套路，这个时候，应该是"酒吧

的门开了，一位美女走出来，对我说，嗨，我就是那个女朋友"。

实际上并没有。

听我这么说，夏越朗声大笑，"哪有那么狗血！再说，我这么帅，女朋友早换过一个又一个了。没有什么后来，反正就是那样儿，待过几家酒吧，直到看到这里，挺喜欢的，就留下来开了自己的酒吧。"他指了指那块霓虹闪烁的招牌。

嗯，挺好的，这座城市的每一个人，都不容易。

我把半支烟熄灭了，抱着书站了起来。

"我走了。"

"好。路上小心。"

走出没几步，他在后面又叫住了我："那啥，我，我以前读的是中文系。"他指了指我手中的书，眼睛发亮，"我就是因为喜欢村上春树，所以喜欢上了威士忌，所以，终于开了自己的酒吧。"

味道

在澳大利亚小住的那段时间，我们去了墨尔本、悉尼等几个城市。正值秋季，南半球的阳光灿烂而不灼热，空气中弥漫着季节成熟的味道。

大巴沿着高速公路，穿过城市，抵达每一个我们去的地方。沿路随时可见旁边的牌子，印着"小心袋鼠"的图样。但实际上，澳大利亚是允许甚至鼓励民众食用袋鼠肉的，身为国宝的袋鼠已经是繁殖过剩，庞大的数量让自己从草原直接跳进了餐厅的厨房。

听说可以品尝袋鼠肉，我们开始的心情是激动的——"我为自己代言"，变成了"我喂自己袋盐"，感觉怎么那么好笑呢！当热气腾腾的袋鼠肉上桌时，我们都迫不及待地伸

出了筷子——这味道，怎么说呢？极其一般，不好吃也不难吃，尚可入口。但叫我再点这道菜，估计很难了。当然，除了口感不佳之外，想想在草地上买粮喂袋鼠的情景，快乐而温馨，袋鼠们乖巧地排队来吃手里的食物，有一只袋鼠还凑过来，亲了亲我的脸，一个湿润而冰凉的吻，把我乐得笑开了花。那么可爱的动物，如何举箸？不过澳大利亚政府倒是希望民众能多吃，帮忙维持生态平衡。中国人是出了名的能吃，在参观海洋公园时，一尾极大的"赤棕鱼"向人群游弋而来，我和孩子他爹异口同声地说："哇，这么大，可以吃好几天了！"话音未落，我们都不好意思地笑起来。

　　我们住在公寓式酒店，本来可以自己做饭，因时间关系，还是决定不开伙。但本地超市还是要逛的，小如拇指的卷心菜、大如拳头的猕猴桃，众多蔬果一一看过去。看到奶制品区就走不动了，几个货柜琳琅满目、眼花缭乱。澳大利亚和隔壁的新西兰，奶品都是出了名的高品质，又好又便宜。看到超市里一小桶一小桶的牛奶，忍不住买了一桶，回来放在厨房的冰箱里。每天随时随刻打开冰箱，抱着一桶牛奶就喝，感觉整个人就像在做牛奶SPA（水疗），那种舒服通透的劲儿，实在太美了！有一天我们去布里斯班，带孩子

参观博物馆，门口有个流动的咖啡车，我们便走过去买。那个卖咖啡的帅哥送给宝宝一杯热牛奶，一喝，宝宝长"白胡子"了——上唇蒙上了一层厚厚的奶，让我们忍俊不禁。

那段时间也经常泡咖啡馆。有一天，我和另一位美女老师没课，就悄悄溜出来，到街角的一家咖啡馆喝咖啡。正当我们俩在那里卖萌自拍时，发现角度不好调整，拍不了富有异国情调的街道。正好看到隔壁桌坐着一位老人，吃完早餐在看报纸。于是便请他帮我们拍照。拍完照自然而然地聊起天来，这才得知他竟然是一位前世界花样滑冰冠军，曾世界巡演，给很多国家总统、领袖表演过。我们惊讶极了，真可谓人不可貌相啊！老人介绍他叫古纳尔，正好是这期中国学生的房东之一，他热情邀请我们去他家做客，说要做大餐请我们。大餐？我们一听可都被吸引了，要了解本地美食，最好的方式就是到本地人的家里去。于是，第二天晚上，我们一行人应邀而往，准备吃"大餐"。到了古纳尔的家里，我们看到的"大餐"就是土豆泥、炸薯条，再加一只烤鸡。我们不由相视而笑，因为对于中国人而言，这样的晚餐实在称不上"大餐"，但丰盛的，是古纳尔的一片心意。那个晚上，宾客尽欢，古纳尔的三个女儿分别表演了钢琴、体操。我们还在家庭相册里认识了他的前妻，一位模特，曾到中国拍过广告，现在就住在附近，经常和现任丈夫一起回来参加家庭聚会。古纳尔指着相片，一脸骄傲地说："她可漂亮了！"把我们听得跌宕起伏的，暗暗佩服外国人的情商。晚餐的土豆泥很可口，表面烤得略焦，奶香四溢。金黄的炸薯条装在盘子上，任取。想想在中国，这些只能算是零食。还是想念中餐啊！这也许是大部分中国人在国外的共同感受吧。

果不其然，游学时间结束的时候，主办方请我们吃饭，特地安排到"中国城"吃中餐。一行人马上欢呼起来，高兴坏了！当一道道热菜、热汤上来的时候，宝宝突然奶声奶气地叹了口气，："嗯，可以吃饭了！"当时我们就惊到了——敢情这段日子以来，他默默地填了一肚子的炸鱼薯条、龙虾、帝王蟹、深海鱼等，这些都不算"吃饭"啊！一桌人都大笑了起来——

原来，无论走得多远，还是中国"味道"好啊！

就在去咖啡馆的路上

我不在咖啡馆，

　　有人说："经营咖啡馆的基本上都是文艺青年，但经营老式咖啡馆的则是年轻时做过文艺青年的老大。"闻言不由一乐，想起了"文艺青年的老大"H。H开了一家"第六晚"咖啡馆，躲在百家村巷子里，是当年鹭岛文青聚集地，在这里成立过"第六晚诗社"以及诸多文学团体，厦门本土的"陆诗歌"团队也常常在咖啡馆出现。不仅是文学，"第六晚"还是小众音乐的集散地。现在已然盛名的周云蓬、小娟、李志等诸多音乐人都在咖啡馆演出过。诗、音乐、咖啡馆，仿佛天生就该在一起，这样登对的词语，仅仅读出来就是那么美好。

　　美好的事物往往不能长久。"第六晚"也一样，最后关张的原因是，输给一个字："钱"。H后来到鼓浪屿开店，不到一年，分店数家，分别卖牛轧糖、花果茶，看上去也是很美好，但更"美好"的是"日进斗金"这个词。所以，当我希望开一家小小的咖啡馆，朋友们可以来喝咖啡、看书、闲聊、发呆时，朋友就说了，你要是不怕亏本，有经济支持就可以去开，否则想想就算了。

台湾热播综艺《康熙来了》曾做过一期节目："你认为在咖啡馆看书好吗?"令我大跌眼镜的是，调查结果是大多数人认为，在咖啡馆里看书很做作。蔡康永也惊讶地说："可是咖啡馆不是用来边喝咖啡边看书的吗?"一位资深艺人撇撇嘴："人家是要做生意的呐! 你点一杯拿铁坐一下午，老板会欢迎? 伊头壳坏掉!"最后一句是用闽南语说的，和她的眼神一起犀利到达。美食专栏作家殳俏也说："每个人经过那样漂亮的咖啡馆，看那样认真读书的人，都会默默地自言自语一句：'看哪，又一个做作派在享受孤独呢!'"不由得庆幸，J.K.罗琳是英国人，否则风靡全球的《哈利波特》就写不出来了。

其实很多咖啡馆还是会挂出类似"出售咖啡、时光和发呆"的招牌当噱头，至少在厦门，全国各地文青纷纷奔向这

座城市，拍下一张张在某某咖啡馆发呆的萌照，所以你大可在厦门的咖啡馆看书，没有人会觉得你"作"。有次我去鼓浪屿，一个咖啡馆的服务生看了我半天，认了出来："你是那个写《草梅之语》的草梅吧?"——咖啡馆小弟都能如此了，你还会认为在咖啡馆看书是"no zuo no die"吗? 就像日本作家池谷伊佐夫说的："好书到手时，我会去喝杯咖啡；失落时也会去喝杯咖啡；什么也没发生，我也会想要走进咖啡馆喝杯咖啡；即使不想喝咖啡，最后好像还是会走进咖啡馆里。"

好吧，我在写这篇文字时，就正在"老塞行动咖啡馆"里。这家咖啡馆在闽南地区取这样的名字真是大胆，因为"老塞"的闽南语谐音就是"拉肚子"之意。但这丝毫不妨碍这座城市的红男绿女在这里安静地打牌、看书、看电影，包括谈恋爱。

我的名字叫作甜

京剧名旦尚小云一生嗜甜，北京正广和汽水厂建成后，尚先生就成了忠实粉丝，连去上海演出也要携带整箱汽水同行。"文革"时，尚先生被抄家打倒，生活极困窘。先生常常被强制去"陪领导批斗"，每次能得三分钱，他回回买两分钱的白糖，"就爱喝个白糖水。"——看到这一段文字，心骤然生疼。生活一刀一刀地砍掉曾经的骄傲，岁月沥去了浮光掠影，沉淀下来的，依然是无法拒绝的味觉向往。那是黑暗当中的一点微光吧，才能照亮痛苦背后坚持的希望。

想起我的曾祖母，老人家活到了九十三岁，双目已是失明多年，每日三餐都得后辈帮忙服侍着。她的牙都掉光了，可就爱吃个花生碎，每次捣花生碎这个活儿都是我和二表姐做的，每次都有个疑问：曾祖母就只剩个牙床了，是怎么吃花生碎的？不仅爱吃花生碎，如果捣的时候加一把白糖，金黄之间雪白点点，那这一顿饭吃得呀，曾祖母就仿佛在眼前点亮了一盏明灯，眉眼都活了起来。她窸窸窣窣地磨着瘪瘪的嘴巴，一边急巴巴地摸索着，要牵我的手："囡囡，来，这个好吃，阿祖留给你吃。"——贫苦年代走过来的一代人，总是要把认为最好的一口留给子孙。不单单是食物的珍贵，更多的是情感的珍贵。只是到了后来，浓了的是生活的甜度，淡去的，却恰恰是亲人之间的情感。所以那时，年少的我每每都厌烦地推开她的手。而现在，想牵却无处可牵了。

小时候也是极爱吃甜的。记得有一次，我的义父出差，回来后连家都没回，直接到学校等我放学，一见我就笑眯眯地递上一个纸盒。我一打开，原来是一块块奶油蛋糕，不同口味的，在纸盒里错落有致，丝毫没有塌掉或者糊成一团。我惊喜万分，坐在车后座一口口吃了起来。副驾驶座的义父回头一看，已经吃光了大半盒的蛋糕。他呵呵笑起来："这孩子，还真是爱吃呀！"我仰着沾满红绿糖豆白色奶油的脸蛋冲他咧嘴一笑，又埋头吃起来——这一纸盒清清楚楚的、丝毫没有塌掉的奶油蛋糕，义父一路是怎样拿回来的，年幼

的我并不懂得。长大后每每回想起来，心里便像融化的奶油一样，又甜又软……

后来，漂泊异乡。一些值得纪念的日子似水流年，无法再一一浮现。有一天，我找诗人威格有点事，他正在他开的"知食分子"餐馆里忙乎着。我坐了不到一会儿，他从一楼端了热气腾腾的一碗上来："吃吧，今天冬至。"我一看，顿时鼻子发酸，泪光泛起：碗里卧着白白胖胖的几颗汤圆。我这才想起冬至已至，闽南风俗是要吃汤圆的。自亡母走后，我都快忘了冬至汤圆的滋味了。那天，诗人威格亲手煮的汤圆，我吃得是又苦又甜。

甜的滋味，谁不爱呢？回家爱人一句"honey"（甜心），便觉得外面的辛苦都被融化了，只剩甜甜的笑意。当年尚小云先生含冤而逝，所幸的是家人、学生都在身边，这起码是对先生的安慰了。甜与苦，本来就是生活本身的AB面。而现在，我正打开黑胶唱机，轻轻放下唱针，先生唱腔咿呀响起，刚柔并济……

蟹 之 味

　　昨日市得红蟳有二，皆为母，甚鲜。菊黄蟹肥，正是食蟹好当时。回得家来，其一煮红蟳粥，另一油焖，味极美。海鲜，吃的就是个"本味"。自古文人墨客能把海鲜吃得极风雅，尤其是蟹。明朝张岱，这个前半生享乐无数的传奇人物，就极爱吃蟹，他说："食品不加盐醋而五味全者无他，乃蟹也。"爱的就是这个"本味"。丰子恺先生在《忆儿时吃蟹》一文记载其父吃蟹一事，堪称经典："父亲说：吃蟹是风雅的事，吃法也要内行才懂得。先折蟹脚，后开蟹斗……脚上的拳头（即关节）里的肉怎样可以吃干净，脐里的肉怎样可以剔出……脚爪可以当作剔肉的针……蟹上的骨头可以拼成一只很好看的蝴蝶……父亲吃蟹真是内行，吃得非常干

净。所以陈妈妈说：'老爷吃下来的蟹壳，真是蟹壳。'"这一细节的描写，不知倾倒多少读者。的确，吃蟹是有工具的，即"蟹八件"。哪八件呢？锤、镦、钳、铲、匙、叉、刮、针，此八件，各有各的用途，自明代发明以来，便使食蟹成了风雅之事。曾有篇文章里写道，在从上海往南京的列车上，遇一老者携蟹上车，后从包裹里取出"蟹八件"，仔仔细细地吃起来。列车到达南京，老者竟仅仅只吃完半只蟹。闻之令人忍俊不禁。

不过，这老者吃的肯定是大闸蟹，若是海蟹，不至于吃得如此斯文。回想儿时，每当夏天，市场里经常出售蟹脚散卖，那都是大螯，一箩筐一箩筐的，有的是已煮熟，可即食，有的是买回家，拍碎些蒜头，一锅焖了，摆上桌满满当当一大盆。这种大螯虽大，但肉不多，主要吃个鲜味，所以便宜，百姓们也喜欢。

海蟹身形较长，如梭子蟹、三目蟹、青蟹……不似大闸蟹圆滚滚，满壳膏黄。但海蟹胜在味道鲜甜。儿时的晚餐，经常是要吃上一只两只的，那时都靠牙啃。所以当康哥儿看到我帮他剥蟹，持螯牙啃做狰狞状，忍不住说："妈妈，我们怎么不用'蟹八件'？"为娘的给了他一个大大的白眼：

"喂，这位小哥，我是你娘，你以为是丰子恺他爹？有得吃就很好了！我小时候也不常吃红鲟粥的！"

红鲟，其实是青蟹的一种，因膏多肉嫩受欢迎，一般煮粥居多，蟹黄融入米粥中，闪着黄金般的光泽，甚为美味。小时候，嫁到海边的姑母经常送些过来，每逢此时，母亲便高兴地对我说："梅，今天妈妈煮红鲟粥了。"小小的我便雀跃地跟在母亲后面，亦步亦趋，看着母亲端出一小锅红鲟粥，粥色金黄，喷香扑鼻，红鲟已捞出，静静卧在旁边的盘子。母亲一边吹着一边剥给我吃，我总是先吃蟹壳，把膏黄一啖而尽，满足地等待母亲剥出蟹肉来，积满一蟹壳，端起来一筷子就吃掉所有的蟹肉。母亲只是笑着，看我吃，自己却是不吃的。当时没觉得异样。现在，轮到我为人母，一样不怕麻烦，不怕拉破舌头，剥了满满的蟹肉，放到康哥儿的粥里，一下子仿佛时光穿越，分不清到底母亲是我，还是我是母亲了。

此时的"本味"，说到底，那还是"爱的味道"啊。

盐的舞蹈

　　盐，是洁白的精灵，是忠实的伴侣，是味蕾的催情高手，是菜肴之上跃跃而动的舞蹈家。

　　有一则典故，说的是东晋政治家谢安在雪天合家聚谈。正值户外雪越下越大，谢安兴致勃发，就指着外面的飞雪问："白雪纷纷何所似？"谢安的侄子谢朗随口说："撒盐空中差可拟。"侄女谢道韫接着道："未若柳絮因风起。"谢安听后大加赞赏，夸奖侄女才思不凡。谢道韫是东晋有名的才女。柳絮随风飞扬，状似飞雪，用以比喻纷飞的白雪，恰切而形象，故世人誉女有诗才为"咏絮才"。苏轼《谢人见和雪后书台壁二首》之一"渔蓑句好应须画，柳絮才高不道盐"，即用此典。由雪而盐，而成典，而成一段佳话，不由令人莞尔。

古代盐的出产买卖是受官家控制的，最出名的是四川自贡的"井盐"，至今还有作坊保留着古老的制盐器具和方法。盐的丰富，自然衍生出各种腌制的菜品，无不闪耀着劳动人民的智慧光芒。列举一二，看盐就此舞蹈——

腌鸭蛋。袁枚的《随园食单·小菜单》有"腌蛋"一条："腌蛋以高邮为佳，颜色细而油多，高文端公最喜食之。席间，先夹取以敬客，放盘中。总宜切开带壳，黄白兼用；不可存黄去白，使味不全，油亦走散。"汪曾祺先生很是推崇此文，觉得"与有荣焉"。其实，小时候哪家哪户没个腌鸭蛋的坛子！但哪家腌得好，可是有区别的。好的咸鸭蛋，就如汪曾祺先生所说的："筷子头一扎下去，吱——红油就冒出来了。"盐，促成了蛋黄的新生，"吱"——活泼泼地冒出来了！若是吃到腌制不好的咸鸭蛋，蛋黄颜色浅浅的，仿佛是和盐赌气，两口子过不到一块去啦！"这叫什么咸鸭蛋呢！"汪老先生愤愤不平地说。所以，小时候的我，经常切开一个，发现不好，没有冒油的红心，就又去切另一个。厨房的大师傅就经常拿着大勺过来了："囝囝啊，不能浪费啦！"我皱皱鼻子："可是要找到那个最好吃的啊！"于是大

师傅宠溺地摇摇头，走了，留下一个继续悄悄切鸭蛋的小丫头——现在回头看看，其实当时红心的咸鸭蛋居多，很快就能找到。倒是现在，很难吃到冒着红油的上好的咸鸭蛋了。原因很简单：时间。以前腌鸭蛋，是用黄泥包住，时候未到，是不能开坛的。而现在，我们再也不愿花时间等待一颗咸鸭蛋自然的形成。盐和蛋黄，二者已无情感可言。

腌墨鱼囊。若非海岛人，我想是很少有人了解"腌墨鱼囊"这道小菜的。顾名思义，"腌墨鱼囊"即是把墨鱼的墨汁囊腌制入味，这是岛上人家佐饭的常见之物。味道如何？初闻臭，嚼之腥，继而咸香，回味鲜甜。如此复杂的味蕾运动，不是常人能接受的。特别是腌制墨鱼囊的作坊，方圆百里皆能闻其味，臭到什么程度呢？一靠近，不行了，眼睛扎得慌。可是，到底是用了什么魔法，盐和墨鱼囊又交换了什么条件，让这种东西一吃就香得放不了手呢？岛上人家饭食简单，一碗白饭，挑一筷子腌墨鱼囊，呼呼就下去了一碗，回头还要再添。吃得满嘴满牙，都是黑的，一笑，呀，可吓人了！但是，就算是童年再怀念的食物，终归都会输给"时间"两个字。因为得等，等着盐慢慢靠近，等着墨鱼囊从饱满继而软化在盐的怀抱。现代人等不了的，嫌麻烦，卖相又难看，渐渐地，这样的作坊都消失了，留在记忆里的，是那大大的晒坪上，排列着长长的圆肚子大缸，一个个墨鱼囊等着盐的亲密接触……

腌小马面鲀。马面鲀，又叫"剥皮鱼"，它的颌边有一根刺，捏住，顺势一拉，犹如连衣裙的拉链，一下子整个剥掉，露出雪白的肌肤。大的马面鲀，可炖汤、盐焗、烧烤、煮酱油水，皆美味。但有另一美味，却是腌制出来的，那就是"腌小马面鲀"。准备好一个玻璃罐子，洗净一只只拇指大小的小马面鲀，放进罐子，撒满大颗大颗的粗盐，填满每一个空隙，挨挨挤挤，不让小马面鲀形单影只。盐的味道渗进了鱼的体内，改变了鱼肉的构造，挑拨离间鱼皮和鱼肉的关系，鱼皮发皱发软，鱼肉却变得鲜嫩紧致，变得很有嚼头。这样的小菜是用来配粥的，因为太咸了，一碗粥只能就上几条，给主妇们省下了配粥的菜。就是这样的咸，激发了味蕾的敏感性，不断地从舌根返回一丝丝的甜。难道说，盐还有一个面具，叫作"甜"？也许，这就是生活中劳动人民的伟大所在，用"盐"腌制出每一个日子的"甜"！

盐，创造了腌渍物的神奇。老百姓的饭桌上，素的有"腌橄榄、腌蒜头、腌咸菜"，荤的有"腌肉、腌鱼、腌腊肠"，无论是哪种，都是"盐"和"时间"交换的产物。时光里，盐带领味觉，回到童年的记忆，回到外婆家里，回到妈妈的怀里。原来，盐的舞蹈，名字就叫作——"怀旧"。

汪曾祺先生有篇文章《五味》，写的是"酸、甜、苦、辣、咸、臭"，其中数"臭"这一段让我印象最深刻，隔着纸张都觉得那味儿迎面扑来。同时又很好奇，里面所描写的"臭苋菜杆儿"到底是什么样的："苋菜长老了，主茎可粗如拇指，高三四尺，截成二寸许小段，入臭坛，臭熟后，外皮是硬的，里面的芯成果冻状。嘬住一头，一吸，芯肉即入口中。这是佐粥的无上妙品。我们那里叫作'苋菜秸子'，湖南人谓之'苋菜咕'，因为吸起来'咕'的一声。"——这哪里是配菜呢？倒像是现代的果冻条！

其实南方真是能吃"臭"的，比如酸笋，闻之"酸臭"无比。记得每次学校食堂做酸笋面，或者炒酸笋，一食堂

的味儿！南方人趋之若鹜，觉得开胃好吃。我们学校有个舞蹈老师，是个男的，北方人，一闻这味儿，不行了，一边排队一边捂着鼻子，另一只手还要做兰花指状，还要一边扭着腰身说："哎哟——真是的，真不明白你们闽南人怎么就好这口！"每每见状，大家都一个个憋着不敢笑，毕竟尊重是最起码的礼貌嘛。

到了桂林时，发现广西人也爱吃个酸笋、酸豆角，汪曾祺和贾平凹两位先生一到南宁就跑去吃一碗"老友面"，就是酸笋肉丝氽水面。我在桂林小住的时候，也是天天捧着加了大量"桂林酸"的米粉大快朵颐，想着神仙般的白先勇先生也好这一口，就觉得"酸臭"一词也如昆曲般地婉转了。

网上曾列出"世界十大最臭的食物"，其中北极圈人民的传统食物"基维亚克"（Kiviak）被列为"无法直视的食物"，因为无论做法还是吃法，都无法直视——其做法是把近百只海鸟塞进一只海豹的胃里，缝合后埋进永久冻土层，让海豹的胃酸发酵海鸟……到吃的时候取出，海鸟还是保持原状，此时，就要拔掉鸟的尾巴，用嘴从海鸟的肛门吮吸，把已经发酵腐化的内脏吸出来吃。在这样的食物面前，吸臭苋菜杆都是小儿科了！还有被列为"世界最臭"的瑞典鲱鱼罐头，连开个罐头都必须在水里进行的，以防止臭气太盛。日本NHK电视台做了一次测试，结果是：中国臭豆腐的臭味指数是四百二十，而臭鲱鱼是八千零七十！而且臭气扩散范围可达六百米！原来"永久中立国"的瑞典也有这样的重口味啊！

列入这个排名的还有我们中国的臭豆腐，但是臭豆腐是"闻起来臭，吃起来香"，而且好多地方的臭豆腐做法也有所差别。我在杭州的时候，说起臭豆腐，还有件小小的趣事。那次是去杭州参加"千课万人"活动，时值隆冬，南方的冷是沁入骨髓的冷，一节课下来，我已经是两脚发麻，鼻涕直流。诗人伤水闻知我在杭州，便盛邀吃饭。饭店的地点离我们很近，我和同事到达时，伤水兄还堵在路上，怕我们饿着，便叫我们点菜先吃。结果我和我同事不约而同点了一大盘臭豆腐，图的就是那腾腾的热气。等伤水兄到达时，我们已一扫而空，相视大笑，说："我们已经吃臭豆腐吃饱了！兄长不用请吃饭了！"至此，那盘热气腾腾、色泽金黄的臭豆腐成了珍藏的美好记忆，每每提及，大家都忍俊不禁，说写《走过咖啡屋》（歌手千百惠的成名曲）的诗人不应该请喝咖啡的吗？当然，这也仅仅笑谈而已，那顿晚餐不止吃了

臭豆腐，还有满满一桌菜，宾客尽欢。臭豆腐，是那锦上添花的一笔。

在北京学习的时候，和同学们常去一家徽菜馆，必点他们家的"臭鳜鱼"。传说，徽州鳜鱼肥嫩鲜美，为朝廷贡品。活鱼难运难以保鲜，到了京城，除了少数新鲜的进贡皇上享用，大量鳜鱼已有异味，但弃之可惜。有商家洗净臭鳜鱼，然后配姜、蒜、椒、酱、酒、笋等佐料精烧细制，却意外地发现味道极好，产生霉菌发酵的臭鳜鱼肉质更嫩，鱼肉呈蒜瓣状，与鱼骨更易分离，而且气味"香臭相融"，闻之令人食指大动。于是，便有了这道经典的徽菜——臭鳜鱼。每每聚餐点菜，同学们便喊："老板，今天有臭鳜鱼吗？"——因为太受欢迎，这道菜不一定随到随有。可见，佳肴盛宴，不仅仅是要吃香的喝辣的，"臭"这一味，也大受欢迎啊！

人生百味，不也是如此？尝过甜，品过苦，也要耐得住"臭"，百味俱过，才算是来人世间历练一番吧。

一刀在手

　　徐克导演的电影《新龙门客栈》已成经典，很多人津津乐道的，是林青霞和张曼玉的表演，却往往忽略了其中的一个配角，就是那个厨工，专门片肉的小个子。只见他手持沉甸甸的大菜刀，刀背厚实，手柄油腻，一阵刀光之后，整只羊便工工整整地只剩下个骨架。厨房刀功之纯熟，也可在江湖独树一帜、独步武林。

　　就如同《庄子》里的庖丁，"三年之后，未尝见全牛也。"这已然是身边无牛而心中有牛，解牛之技，盖与上文中的厨工无异了。

　　村上春树在作品《奇鸟行状录》中，正面描写了1939年由日军挑起的"诺门坎战役"。书中关于外蒙军官对山本进行

"剥人皮"的描写，令人发指，实在无法在这里复述呈现，那样的情景即使合上书也是满目狰狞。翻译家林少华先生说这是一本"看完会发呆三五天"的书。而莫言的《红高粱》里也有过类似的描写，单单看着文字，就觉得头顶飕飕发麻。

写美食文章，突然回忆起这段文字，也真是够惊悚的。只因那位外蒙军官，战事之前是一位牧民，工于杀牛宰羊，像庖丁一样，只是个普通的屠夫。

说到底，中国人在"刀工"一事上，是下了功夫的。早年间，一个学徒在厨房学艺，那可不是十天半个月的，得先从打杂开始。要是开始练刀工，那就说明师傅认为你是可雕琢的，愿意传授你厨艺了。纪录片《舌尖上的中国》里面所拍摄记录的，就有一位切豆腐丝的厨师，那功夫真是叹为观止！手起刀落，切完豆腐还是完完整整的样子，但放进清水里一抖，丝丝缕缕的豆腐丝随之漾开，宛如一幅充满禅意的中国山水画。

旧时的北平，大冬天的夜晚会有小贩走街串巷地卖"羊头肉"，梁实秋、张善培等人都写过这个美食特色。其中唐鲁孙先生的描写，极具画面感："切肉的刀，又宽又大，晶光耀眼，锋利之极，运刀如飞，偏着切下来的肉片，真是其

PIP Camera

159

薄如纸。然后把大牛犄角里装的花椒细盐末，从牛角小洞洞磕出来，撒在肉上，有的时候天太冷肉上还挂着冰碴儿，蘸着椒盐吃，真是另有股子冷冽醒脑香味……如果再喝上几两烧刀子，从头到脚都是暖和的，就如同穿了一件水皮袄一样。"那凉沁沁、冷冰冰的刀光，隔着文字都感觉破空而来。一灯如豆，小贩的吆喝被夜色包裹，带着寒气，带着晶光，一道道切出老北京人温暖的记忆。

这道特色美食虽然消失了，但现在北京烤鸭的"刀工"也是考究的。不管是"全聚德""便宜坊"，还是这几年很火的"大董"，只要点烤鸭，大都会有厨师推出小推车，现场表演片皮，但"刀功"的比较，就有上下之别了。录过几次视频，刀功好、摆盘漂亮、服务周到，还是可以做到的，但总觉得少了点什么。细想之下，还是少个"魂"字。这种"魂"，是文化底蕴的内化、发自内心的热爱以及对于自身技艺的拥趸，不是一天两天可造就的。再一想，得了，哪有那么多要求？现代社会节奏如此之快，能在吃饭之余欣赏如武林绝学一样的刀功，已经足以道声"哇哦"，用于拍照发朋友圈了。

自小母亲善厨，我最多就是打个下手，至于刀功，那就像是张飞穿针——大眼瞪小眼了。厨刀有六法：切、片、剁、劈、拍、剞。每一样刀法又都千变万化，比如"切"，就可分成直切、推切、拉切、锯切、铡切、滚切等，言之不尽。都说"工欲善其事，必先利其器"，现代厨刀基本款一般包括水果刀、三明治刀、厨房叉、面包刀、砍刀、西厨刀、切片刀、去骨刀、磨刀棒等，给现代厨娘带来不少便利。这些厨刀分类都是从国外参考而来，有经验的中国厨师只需一句话："给我一把菜刀！"就好像是身怀绝技的武林高手，拈花为剑、摘叶为镖，再不然，一把竹扫把也足以横扫天下。

什么时候，也能如张曼玉一样，一个鹞子翻身，悬坐梁上，娇嗔一声："菜刀！"于是，纷纷扬扬，击败的都是迷离的眼神。这大概也是很多人观影后心底的渴盼吧。

一家有香气的咖啡馆

　　诗人子梵梅打电话来："草梅，我想开一家香草咖啡馆，你来?"

　　我说，好，我来。

　　就这样，我们在鼓浪屿上开了一家"草木诗经咖啡馆"。

　　"草木诗经"的名字取自子梵梅的畅销诗集《一个人的草木诗经》。她懂得很多草木方面的知识，包括香草。咖啡馆里种满各种香草，都是她一手打造。

　　我很喜欢。朋友们也很喜欢。游客们更喜欢。

　　"浪击礁如鼓声，故名鼓浪屿。"我极爱这座小岛，以前有时候也会央着爱人一起到鼓浪屿小住，走走小巷，听听涛声。现在在岛上开咖啡馆，内心更是欢喜。每天上午从厦门岛内坐着BRT快速公交，从枢纽站开始，在半空中晃晃悠悠地穿越这座城市，到达第一码头；再换地面公车，到达轮渡码头；等候渡船，在海面上晃晃悠悠地渡海而过，到达鼓浪屿；最后走路，爬上一个陡坡，就看到咖啡馆门口的那棵大榕树了。开锁、推门、洒扫、浇花草、摆桌椅，以及各种准备，迎接第一位客人。当夜色如墨，霓虹闪烁，海风轻拂，汽笛鸣响，一天结束了，再按原路线返回。每天，空中、地面、海上，从一座岛到另一座岛，很有意思。

咖啡馆不大，老房子改建而成，保留了老红砖、老花砖，还有木质窗框。吧台、桌椅则是老船木做的。而阳台种满了香草：薰衣草、迷迭香、薄荷、七里香、柠檬、香茅、罗勒……客人们很喜欢坐这里的位置，面朝大海，不用春暖，四季花开，兼之暗香氤氲。

香气盈盈的自然还有从咖啡馆里飘出的味道。每一杯咖啡，豆子的不同、做法的不同，带来的气息自然也不同。意式、手冲、虹吸、滴漏，不同的选择决定了你将和哪款香气相遇。当阿拉卡比咖啡豆遇见罗布斯塔咖啡豆，萃取出无比顺滑的油脂，奶泡机"哧——"的一声，打发了奶泡，奶香、咖啡香，两两交融，空气瞬间香气四溢。有的客人点的

是招牌咖啡——"迷迭虹吸"，那就顺手递给客人一把小银剪，自己去阳台吧，喜欢哪株迷迭香，就怀着爱恋的心，剪一枝回来吧。闻闻，你的手指是不是已经沾染了迷迭香的气息？每一杯"迷迭香咖啡"都是与众不同的，因为有你自己专属的香气。喜欢用虹吸壶煮咖啡，就像化学实验似的，晶亮亮的虹吸壶翻滚着小气泡，咖啡香便如丝如缕地萦绕鼻翼。每个经过吧台的客人都会忍不住停下来，驻足观看一杯咖啡的诞生。

日头的脚，慢慢地游走，先是前庭，落在那棵低矮的枫树上。再是厅里，斑斑驳驳的，是木头窗棂的倒影。到了午后，日头的光变得柔和，空气里弥漫的，是慵懒的气息。这个时候，客人少了，或随意坐，甚而躺。而店主人，也不干活了，或看书，甚而发呆。这个时候，也容易起风了。海面吹来潮湿的海风，摇晃着木头窗棂，也吹动了廊下的风铃，"叮叮当当"地响，清脆而愉悦。唱机里若有若无的爵士乐，混着丝丝缕缕的咖啡香。一切都那么妥帖。这大概就是一家咖啡馆应有的样子吧。

有时候，我也写写文案，诱惑一下远方的客人："当风从海上来，你也渡船而来。美人自远方，香草佩佩，笑容盈

盈。屋顶上的青春，是薰衣草的颜色。洛神花是洛神夫人的步摇吗？淡淡地发着馨香，如你唇边的一朵笑靥。'缘'这个字，也许就是这样吧。每天的咖啡馆，总有许多的故事，期待你，带着故事带着爱，带着我们的彼此，来，或者去。"

是的，咖啡馆上面的屋顶是可以上去的，通过一个锈迹斑斑的铁梯子。有时候，姑娘们爱坐在上面，垂下两条白白的长腿。有时候，小伙子们拿着单反上去拍照，上面视野很开阔。海风鼓起白衬衫，阳光下显得那么好看。那时候准备了一本厚厚的本子，留下了客人的一些资料和留言，希望自己空下来的时候，能写写这些故事，书名都取好了，就叫《一座岛，许多爱》。有很多可以记录的啊。写写那个深夜，快打烊了，还有个男孩子进来，红着眼睛，流着泪，带走两瓶"喜力"；写写那一群颜值爆表的俄罗斯姑娘，不会说英语、不会说汉语，愣是都沟通成功了；写写一对来自英国的老夫妻，要了壶"Green tea"（绿茶），因为送了盘手工香草饼干，老太太颤巍巍地站起来拥抱，蜻蜓点水般地贴了贴我的脸；也写写来自全国各地的诗人、文友，在这里欢聚，在这里畅谈。这是我的心愿，想开一个咖啡馆，全国甚至全世界的文人都喜欢来的咖啡馆。

"草木可食，美人正来。"如果，轻易遇到一个人，那么，情且浅，爱易逝。如果，轻易找到一个地方，那么，缘不深，易遗忘。而这样，小巷交错，庭院深深，不轻易抵达的书香、咖啡香、草木香，用一杯时间，等待心灵沉静。知道你会来，所以，我等待。

这是我写的另一个文案。

可惜，我没等来那个人。

我到这个咖啡馆的时候，他很支持，也经常在下班后到店里帮忙，有时给我和子梵梅带个自己做的便当，有时也给店里帮忙洗碗刷盘，然后等我打烊，一起渡海，一起回家。

可是，后来，他穿着我洗得雪白的好闻的衬衫，离开了。

后来，我也离开了咖啡馆。

后来，我出了本诗集，叫《后来》。

也许，多年后，你再来这座城市，还是会遇见我，在某个咖啡馆里。

那时，我会请你喝杯咖啡，香暖红尘。咖啡的名字，就叫作"时光"。

一
碗
面

香港TVB无线电视最经典的一句台词就是："呐，做人呢，最重要的就是开心啦！你饿不饿？我煮碗面给你吃啊！"这个梗，周星驰电影里也出现过，当刘嘉玲抹一把泪眼，笑着说："相公，饿不饿，我煮碗面给你吃好不好？"观众也跟着笑起来，然而，眼底却是潮湿的，一颗心，碎成一碗猪油渣。

煮完面，在上面撒几粒猪油渣，是儿时的记忆。每年生日，母亲总是煮一大碗卧着鸡蛋的面条，还撒着香喷喷的猪油渣。先是小心翼翼地喝口汤，再一筷子挑起热乎乎的面条，唏里呼噜地送往嘴里。咀嚼之间，隐隐听见"咔嚓、咔嚓"——柔软中混着酥脆，那就是猪油渣发出的美妙的声音。美食家蔡澜先生也固执地认为，猪油渣是最好的配

角，不起眼，却是令人惊艳。他主张汤面也好、猪油拌饭也好，那几粒又脆又酥，一口咬下去，还"吱"地冒油的猪油渣才是点睛之笔。

但这样的一碗面，现代生活中已逐渐式微，视胆固醇为洪水猛兽的现代人，对于猪油个个都唯恐避之不及。倒是一碗面的温暖，任是谁都无法抗拒的。

"南粥北面"，从农耕时代起就是北方麦子多，而南方多水稻，所以决定了面条是北方百姓家里案板上的主角。在北京求学的时候，我结识了一位姐姐，人长得漂亮，名字叫

晓静，性格却是豪爽，她带我这个典型的南方人去吃了许多京味儿，当然包括大名鼎鼎的炸酱面。

同为炸酱面，讲究起来可大有说道。单单那酱，必须是黄酱、甜面酱各半，黄酱得是六必居的，甜面酱则要天源酱园的，或者，得是自己店里独特的配方。炸酱面炸酱面，这酱就是关键。而肉馅，老北京以前是手切成丁，现在都是绞肉机一股脑地出来，没法吃到手切肉丁那大小不一微妙的触感了。然后酱要小火干炸，要不那味儿就差了。我就吃过好几次齁咸齁咸的炸酱面，就是酱做得不好。再说那各色面码，彩虹似的，围着大面碗一圈，众星拱月。据说以前这面码需要十样，要有黄瓜丝、白菜丝、红萝卜丝、芹菜末、香椿末、黄豆嘴儿、绿豆嘴儿、掐菜、菠菜段、韭菜段。现在有没有这么讲究？我不能说一定没有，但凑齐了也不容易，反正我在北京吃到"最地道"的，面码并没有那么多样，但也是五彩缤纷，煞是好看。也好吃，只是碗实在大，我永远没法吃完一碗炸酱面。

说到碗大，陕西人就笑了：额的碗更大！有个段子说的就是，有个南方人到陕西的时候，看到饭馆前坐着一个人，捧着一个大脸盆在"洗脸"，心里就纳闷了：怎么在饭馆前

面洗脸？走近一看，好嘛，这是在吃面呢！此言不虚，我有同学就是陕西的，发了图片给我们看——果不其然，碗大如盆！陕西有"八大怪"，其中之一就是"面条宽得像裤带"，可不得要碗大如盆！

所以我经常为吃不完一碗面而惭愧。包括到了中原，应邀到河南郑州"纸的时代书店"做活动的时候，一碗热气腾腾的羊肉烩面，涤去了一路风尘。汤色奶白、面条筋道、羊肉柔嫩、香气四溢的河南烩面，给我留下了深刻的印象，至今依稀唇齿留香。尽管如此，我还是没能吃完一整碗的烩面。实在辜负美食美时啊！这要搁一千多年前，想那李隆基当年还不是唐明皇时，吃碗生日面，都得靠王皇后扯了小褂子卖了换将而来。如今举目望去，面条如此多娇，引无数吃客竞折腰——弯腰坐于街边小摊，见那锅内高汤翻滚，热气腾腾，高喊一声："老板，来一碗面！"如此，就是生活的美好面目吧！

秋风起，又是一年生日至。不过再也没有一碗搁着几粒猪油渣的生日面递过来了。"岁月忽已晚，努力加餐饭。"那就像电影中的刘嘉玲一样吧，含泪笑着说：

"呐，饿不饿，煮碗面自己吃啊！"

有情清粥暖

　　《浮生六记》写了沈复和陈芸之间的情感故事，其间的生活种种，令人动容。

　　当时，沈复初见芸娘。夜半时分，沈复"腹饥索饵，婢妪以枣脯进，余嫌其甜"。芸娘便悄悄扯了扯沈复的袖子，叫他跟着进房间，"见藏有暖粥并小菜焉。"此景被芸娘的堂兄玉衡看见了，笑睨芸娘，说早些时候，我要吃粥，你却说没了，原来是藏着专门给你夫君吃呀！众人一听，"上下哗笑之。"芸娘大窘，沈复也负气带着仆人回家去了。后来，芸娘被逐，身边只有一个老仆相随，"是时陪侍在侧，拭泪不已。"仆人看见"将交五鼓"，便"暖粥共啜之"。芸娘一看，想起初见时的那一碗粥，"强颜笑曰：'昔一粥而聚，今一粥而散，若作传奇，可名吃粥记矣。'"此情此景，令读书的人唏嘘不已。

芸娘还喜欢吃臭豆腐和虾卤瓜，沈复不喜欢，戏说狗喜欢食粪，屎壳郎喜欢滚粪，希望自己变成蝉。你这么喜欢吃臭的，是狗还是蝉？芸娘一听，笑着闹着，不由分说就往沈复嘴里塞了一筷子。沈复刚开始"掩鼻咀嚼之"，结果"似觉脆美，开鼻再嚼，竟成异味，从此亦喜食"。沈复不解，说刚开始很讨厌的呀，怎么现在觉得也很好吃呢？真是不可思议！芸娘便回了他一句话，真是绝！她说：

"情之所钟，虽丑不嫌。"

哎呀呀，撒得一手秀恩爱的好狗粮！

电影《有情饮水饱》里，梁朝伟和舒淇的爱情故事也是诠释了"简单爱"的主题。当富家公子身无分文，遇到穷苦女孩，才明白自己的真爱所在。虽然故事老套，却看哭了无数人。就像这句广东话俚语说的："有情饮水饱。"王晶导演把这句话用作电影题目，想要表达的不外乎如此吧。很多人喜欢周杰伦的《简单爱》："想简简单单爱，河边的风，在吹着头发飘动，牵着你的手，一阵莫名感动。我想带你，回我的外婆家，一起看着日落，一直到我们都睡着。"

爱，就是这样的模样吧，你不嫌弃我吃臭豆腐，我愿意为你暖一碗粥。

想着以前，那时爱人还在，我们回孩子外婆家，经常在夜深时分，两人跑出去吃一碗粥。家乡深夜排档满街都是，喧闹着午夜的寂寞。热腾腾的山鸡粥上来了，金黄的粥面撒着碧绿的葱花，喷香！清甜甜的海鲜粥也好吃，大颗大颗的牡蛎带着大海潮汐的气息，一口就下去了。即使普普通通的地瓜粥，配着蛋糜、鱼冻，也可以唏里呼噜地喝上三大碗。经常就是几条街一路吃过去，吃得"鼓腹而歌"，在深夜的街头欢腾不已。

不过清粥小菜，却是生活醇厚的滋味。走得再远，看的风景再多，心里惦记的，也还是家里的一粥一羹。红尘再喧闹，世界很精彩，心里隐伤的，还是那句"无人与我立黄昏，无人问我粥可温"。

春寒，夏暑，秋凉，冬冷。愿四季走过，都有暖粥好滋味，有情留心头。

与君歌一曲，
请君为我行一令

前不久深受欢迎的央视综艺节目《中国诗词大会》，引进改良的古代喝酒行令的"飞花令"，来作为比赛项目，一时备受热议，大家颇喜欢这种文字游戏。

"飞花令"是因唐朝诗人韩愈的"春城何处不飞花"而得名。其实早在周朝，就有行酒令的饮酒游戏，到了大唐盛世的酒席盛宴，不仅是歌舞升平，还涌现了各种行酒令。与君歌一曲，请君为我行一令。可以说，这是当时很好的写照了。

大唐盛世，歌舞升平。一般设宴席者，必有饮酒，必有歌舞。宫廷中，从唐初期沿用隋朝九部乐曲，再完善细化至"乐十部"，即：燕乐、清商乐、西凉乐、天竺乐、高丽乐、龟兹乐、安国乐、疏勒乐、康国乐、高昌乐。从这些名称就可看出当时八方来朝的鼎盛景象。有一阶段因对鸠摩罗什感兴趣，便翻看了些佛教公案，有专家认为最早的佛教是从印度传入龟兹等西域地区，后来鸠摩罗什把大乘佛教带入长安，开启了"鸠摩罗什时代"。所以在唐代，西域文化带来不小的影响，歌舞亦然。李白就写过不少关于"胡姬"的诗，比如《前有樽酒行》："胡姬貌如花，当炉笑春风。笑春风，舞罗衣，君今不醉将安归。"白居易也夸过周皓家的歌舞伎人："敛翠凝歌黛，流香动舞巾。"当时，不仅是歌舞伎人长袖善舞，主人也都纷纷加入"豪华午（舞）餐"，宾客尽舞。唐僖宗时的宰相李蔚设宴向韦昭度赔礼道歉，亲自起舞《杨柳枝》。御史大夫杨再思也伴随高丽乐起舞，赢得满堂喝彩。唐太宗李世民在宴请大臣时，谈及峥嵘往事，不禁唏嘘，老臣们便纷纷起舞，向李世民致敬。更不用说大家都很熟悉的唐玄宗了，他常常亲奏《霓裳羽衣曲》，为心爱的"玉奴"伴奏，而杨玉环的"霓裳羽衣舞"当时艳惊四座，还流传到民间，深受"五星好评"。当时无论皇亲贵胄还是引车卖浆之流，都喜欢以舞助兴。

助兴的自然还有歌。白居易有一首《劝我歌》说："劝我酒，我不辞；请君歌，歌莫辞。"酒而兴，兴而歌，歌劝酒，好不热闹！唐朝的酒席有专门的歌伎，但喝到嗨的时候，主人也会亲自唱歌劝酒，宾客起身回唱回敬。甚至主人敬酒时没有唱歌，客人也可要求主人唱歌。高歌一曲，以歌劝酒，除了酒席助兴之外，也是表达祝福祝愿的意思。比如冯延巳有一首祝酒词，词牌名就是当时很流行的《长命女》："春日宴，绿酒一杯歌一遍，再拜陈三愿：一愿郎君千岁，二愿妾身常健，三愿如同梁上燕，岁岁长相见。"注意到了吗？当时很多诗词描写的酒都是"绿酒"，因为那时蒸馏技术还未传入，大家喝的都是未过滤的淡绿色的酒，度数不高，所以李白才有可能"斗酒诗百篇"嘛！

想起前些年诗人们聚会时，也爱"斗"个酒。男生们爱喝个"盖头"，就是用汤盆来盛酒，一口气喝完，然后把盆盖在头上，表示滴酒不剩，最后大家"盖头合影"，甚是欢乐！酒量不好的，席上也可清唱一曲，大家击箸的、鼓掌的，也是热闹。记得那次，然墨吹奏的是尺八，幽幽古声，沁入肺腑；记得那次，威格弹的是曼陀林，泠泠乐声，悠然优美；记得那次，南方狐清唱一曲，美人美声；记得那次，施施然来厦，我低吟一首《佳人曲》，记忆至今……

"笔纵起龙虎，舞曲拂云霄。"文学艺术的魅力，自古至今都亦然。但古时除了歌舞雅兴外，还有很多种酒令，上文所说的"飞花令"只是其中一种，还有藏钩、射覆、猜枚、划拳等。"藏钩"起源于汉武帝时，据说汉武帝的宠妃钩弋夫人自出生以来，双手一直蜷曲成拳，后经汉武帝轻轻一拂，双拳竟自动打开，里面藏有一枚金钩。后流传至民间，成为"藏钩"的游戏，有诗云："城头击鼓传花枝，席上博拳握松子。"说的是，当时的游戏方法已不再是藏"钩"，松子啊瓜子啊花生啊，能藏入拳中的小物件都可以。"射覆"的行酒令流行比较广泛，比如《红楼梦》第六十二回写着：

　　　　探春道："我吃一杯，我是令官，也不用宣，只听我分派。"命取了令骰令盆来，"从琴妹掷起，挨下掷去，对了点的二人射覆。"宝琴一掷，是个三，岫烟宝玉等皆掷的不对，直到香菱方掷了一个三。宝琴笑道："只好室内生春，若说到外头去，可太没头绪了。"探春道："自然。三次不中者罚一杯。你覆，他射。"宝琴想了一想，说了个"老"字。香菱原生于这令，一时想不到，满室满席都不见有与"老"字相连的成语。湘云先听了，便也乱看，忽见门斗上贴着"红香圃"三个字，便知宝琴覆的是"吾不如老圃"的"圃"字。见香菱射不着，众人击鼓又催，便悄悄的拉香菱，教他说"药"字。黛玉偏看见了，说"快罚他，又在那里私相传递呢。"哄的众人都知道了，忙又罚了一杯，恨的湘云拿筷子敲黛玉的手。于是罚了香菱一杯。下则宝钗和探春对了点子。探春便覆了一个"人"字。宝钗笑道："这个'人'字泛的很。"探春笑道："添一字，两覆一射也不泛了。"说着，便又说了一个"窗"字。宝钗一想，因见席上有鸡，便射着他是用"鸡窗""鸡人"二典了，因射了一个"埘"字。探春知他射着，用了"鸡栖于埘"的典，二人一笑，各饮一口门杯。

我的乖乖！说实话，刚开始看到这段的时候我也是晕头转向的，不知其规则。而第二十八回写的"女儿令"，有点

像"飞花令"，还是有点古人遗风，都需要诗句和典故，当然"飞花令"规则更为严格。但再简单，薛蟠还是不会，闹出笑话。还有第四十回的"金鸳鸯三宣牙牌令"，是以牙牌来做道具的，众人都哄得贾母开心不已。有人统计，《红楼梦》里有十种行酒令。我没数过。可是，就是这样的钟鸣鼎食之家，这样的热闹纷呈，说散，也就散了。

想起读书那会儿，文学社里也爱玩个行酒令，规则简单多了：裁好多纸条，每张纸条写上一句诗或词或典，放置于不同的杯子里，然后汤匙转圈，指向谁，谁拿筷子投掷杯

子，投中哪个就抽取哪个诗句，要根据这个诗句背诵出相关的诗句，并现场编故事，故事里要包含这句诗。背不出或乱编的则罚酒。但往往精彩者也被敬酒，所以到最后也不知道谁胜谁负了。记得有一次，我抽中的是辛弃疾的一句词："醉里挑灯看剑，梦里吹角连营。"这阕词的最后一句是"赢得生前身后名，可怜白发生"。想到这句，不知怎的，一下击中内心，本来想讲一个将军战沙场的故事，刚刚做了个拔剑的动作，突然就黯然神伤，讲不下去了。

多年后，母亲去世，葬于故乡的龙凤山，附近是驻岛部队的军营。有时我会走到龙凤山，在母亲坟前坐坐。不经意间，军营里传来阵阵响亮的号声，让我一再潸然。"半晌贪欢，不知梦中是客"，不过是"醉里挑灯看剑，梦里吹角连营"，即使"赢得生前身后名"又如何？"可怜白发生"，最终也是黄土一抔，说散，也就散了。

聚散终有时，天下没有不散的宴席。聚散两依依，也是人生之常态。风雨兼程的，就是生命的旅程啊！那么，就好好珍惜当下吧，"人生得意须尽欢"，"直挂云帆济沧海"！来，举杯邀君——

与君歌一曲，请君为我行一令！

钟情豆腐

我对清淡爽口的豆腐，情有独钟。

相传，豆腐是这样发明的：汉朝皇帝刘邦的孙子刘安一心想炼长生不老药，他广召术士提炼仙丹，研究动植物的药性。当术士们用黄豆和盐卤炼丹时，二物发生化学反应，便生成了一种细腻的物质——豆腐。

豆腐的吃法多种多样，凉拌、油炸、红烧、清煮……烹调技术中的"十八般武艺"全能用上。赫赫有名的麻婆豆腐、花样豆腐、五丁豆腐、四喜豆腐等，都是有口皆碑的名菜。家乡东山岛有一道家常菜"豆腐拌韭菜"，不但好吃且有"升官、长久"的吉祥寓意。家乡菜"鲢鱼头豆腐汤"也极具盛名，汤色乳白，鱼头的蛋白胶质和豆腐水乳相融，鲜

美无比，美味又养生。南方的豆腐较为细嫩。据说，老作家林斤澜曾在普陀寺尝过一碗豆腐羹，感到味如"西施舌"（一种海贝，口感十分细腻）。林斤澜这一比喻，足见那碗豆腐羹多么滑嫩细腻了。

豆腐的家族相当庞大，你看，豆腐皮、豆腐花、豆腐乳、腐竹、豆浆……令人目不暇接。著名学者洪丕谟说过："豆制品是素菜中的肉类，有肉类的营养而无吃肉类的不洁与不忍。"此言妙矣！当下食素者众，于是，豆腐作为"植物肉"，自然受人欢迎。虽然它本味清淡，但"平平淡淡才是真"。想来，生活也应是如此呢！

后 记

有个小女孩，从小在机关大院里长大。里面的机关系统包括人民会堂、宾馆、政府机关等几个单位部门。这几个部门的人员都在同一个食堂里用餐，所以决定了这个食堂必须够大。这个"大"字包括厨房、餐厅、前院、后院、谷仓等部分。

每天天不亮，食堂便开始了一天的炊饮。那热气腾腾的蒸屉，里面的馒头、包子正在变得松软；这边的油锅正欢腾地翻滚，细长的油条一下去马上膨胀起来，泛着迷人的光泽；稀粥在大锅里"咕嘟咕嘟"地冒气；还有那边又拧又揉纱包的，是正在过滤豆浆，豆香弥漫，热气蒸腾。大人们挽着袖子、说说笑笑，这么多活儿都

不在话下。热热闹闹的，开启了美好的一天。

　　食堂的大人们都极为疼爱那个头发微卷、胖嘟嘟的小女孩，经常这人给塞一个肉丸子，那位给送个大包子。妈妈如果忙起来，来不及喂饭，小女孩就跑去找打饭的阿姨，绝对能得到一个饭团子，拿在手上来回颠着吹气，一边逛着花园，一边小口小口地吃着。小女孩很喜欢这个食堂，常常在里面待着。有时候和大狗玩，有时候被阿姨抱着，捧着个大西红柿吃，有时候被杵在宽大的原木桌子上坐着，前面放一堆大白兔奶糖、水果糖、花生糖，小女孩就坐在那儿边吃糖，边看大人们忙碌。大人们也会打趣小女孩："今天的菜是什么呀？"小女孩抽抽鼻子，闻出味道了，也能说个八九不离十。大人们都说小女孩鼻子灵，以后准有福气，不愁吃喝。

　　再长大些，小女孩读书了，作文每每得到老师的表扬，妈妈高兴极了，就会答应为小女孩做些繁复的美味，比如千层饼。妈妈心灵手巧，爱做好吃的，常常在空闲的时候，和姐妹们一起"开小灶"，煮点心吃，有时候是甜面片汤，有时候是咸稀粥，花样不一。小女孩也跟着吃，妈妈笑着说："你都只顾吃，以后不会做可怎么办？"小女孩皱皱鼻子："那我会吃还会写呢！"大家一听，都笑成一团："好好好！就等梅梅写书来！"

这个小女孩就是我。

后来我们搬家了，没有再吃大食堂了。

再后来，生命列车开启了新的人生之旅，风雨兼程。

但那些童年记忆，却深深地印刻在了脑海里。

米兰·昆德拉说："生活在别处。"这句话是许多人为之所向往、为之追求的。但实际上，无论走得多远，在内心最柔软的地方，依然无法忘怀的是童年的记忆、故乡的味道。

这种味道，根植于情感的深处，就像埋下了当年的一颗种子，渐渐长出了枝丫。这些年来，东奔西走，用文字记录了些时光的味道，呈现时光中的生命之味。于是，便有了这本书，里面的文章有的是早已发表过的，有的则是未曾面世的新作。写的是家国情怀、故土乡愁、文化行走、生活美学……舌尖上的时光，就此缓缓流动。

也算是不辜负当年那个小女孩的那句话吧。

不忘初心，方得始终。

不忘初心的，还有小儿陈徐语康。他在小学一年级开始师从宗跃凤老师，学习画画，便对我说："妈妈，以后我要为你的书画插画。"虽学至三年级便因专注音乐而中止习画，但还是留下了一些稚嫩而情深的作品，成为这本书的配图。书中的其余配图则皆是我的原创摄影，在此说明。

本书的出版，得到福建省作协、厦门市委宣传部、厦门市作协、海峡文艺出版社给予的大力支持，在此特别感谢！

也感谢一路喜爱我的文字的朋友们，谢谢你们的暖心支持！

最后，让我轻轻哼唱许巍的这首歌作为结束吧——

"妈妈坐在门前，哼着花儿与少年

虽已时隔多年，记得她泪水涟涟

那些幽暗的时光，那些坚持与慌张

在临别的门前，妈妈望着我说

生活不止眼前的苟且，还有诗和远方的田野

你赤手空拳来到人世间，为找到那片海不顾一切

她坐在我对面，低头说珍重再见
虽已时隔多年，记得她泪水涟涟
生活不止眼前的苟且，还有诗和远方的田野
你赤手空拳来到人世间，为找到那片海不顾一切

我独自渐行渐远，膝下多了个少年
少年一天天长大，有一天要离开家
看他背影的成长，看他坚持与回望
我知道有一天，我会笑着对他说
生活不止眼前的苟且，还有诗和远方的田野
你赤手空拳来到人世间，为找到那片海不顾一切